JN071901

荒れ地に花を

門倉暁

鳥影社

目次

プロローグ

東京、豊洲。早朝、午前五時。街はまだ眠りの中にいる。

豊洲グランドヒル四八〇三号室。居間の時計が静かに時を刻んでいる。

部屋は甘い香りで満ちていた。フローリングの床は、一面、緑の葉で覆われている。

植物。木、草、花。何と呼べば良いのか。名前は誰も知らない。分類もされていない。ここでは、ただ「植物」と書くよりほかない。

緑の葉と茎と花。濃い緑の葉の間から、淡い桃色の花が顔をのぞかせていた。

殺風景な部屋だった。目につくのはテレビと応接セットだけだ。

地上百五十メートル。五十階建てのマンションの四十八階。窓からは東京湾を見渡すことができる。目を凝らすと、川崎市と木更津市を結ぶアクアラインの「海ほたる」まで見ることができた。

お台場、東京ディズニーランド、幕張新都心、さらに先には、京葉臨海コンビナートの工場群が立ち並んでいる。

東の空に赤みが差し、房総の山々のなだらかなシルエットの上に、太陽がオレンジ色の顔を出した。

カーテンは開けられていた。窓から部屋の中に光が射し込みだすと、葉と花は光を受けようとして、ザワザワと音を立てながら一斉に窓の方角を向いた。

部屋の中央に男の腕が天井に向かって伸びていた。オブジェではない。正真正銘、人間の右腕だった。

腕は緑の葉の間から宙に差し出され、手は虚空を掴むように指を曲げた格好で硬直していた。地面から突きだした腕。ここがマンションの一室だと知らなければ、花畑に埋められた死体から腕だけが地上に伸びていると思ったことだろう。

男は先月、会社の健康診断で肝機能の低下と肥満が指摘されていた。酒の飲み過ぎが原因だった。

離婚して三ヵ月、生活が乱れ体重が増えた。家族と別れた寂しさではない。別れて自由になり、歯止めがきかなくなったためだった。

「十キロは減らした方がいいですよ」

医者は忠告した。

「このままだと早死にしますよ」

男はスポーツジムに通い出した。週二回の禁酒日も定めた。好物の鶏の唐揚げや串カツも控えるようにした。

菜食主義。キャベツとトマトとレタス。目標は体重六十五キロ、腹囲七十五センチ、体脂肪率

プロローグ

十六パーセント。

しかし、もう体重も中性脂肪も気にする必要はなくなった。死んでしまえば生活習慣病も高血圧も関係がない。それになんと、体重は一日で三分の一に減っていた。目標体重をはるかに下回っている。

花が咲き、小さな種ができた。五月、昨夜は蒸し暑く、居間の窓は半分ほど開けられていた。綿毛のついた種はいっせいに窓から出て、夜明けの町に消えていった。

種が飛び去り、植物は消えた。部屋には男の死体が残された。床に仰向けになり、顔は苦悶の表情で天井を向き、口は最期の叫びを発したまま固まっていた。右手は助けを求めて虚空をさまよい、存在しない命綱を摑もうとしていた。

男の体はカラカラに乾いていた。まるでこの東京のように、乾きに乾いて骨と皮だけの干からびたミイラになっていた。

第一章　ミイラ

1

「死んでいたのは、高橋義男五十三歳。三ヵ月前に離婚して、今は一人でこのマンションに住んでいたようです。ただ、奥さんが子どもを連れてここを出たのは去年の暮れだということなので、実際には別れて半年ほどですか」

御巫《みかなぎ》初音は手帳を開くと、メモの内容を一つ一つ確認をするようにゆっくりと言った。

「別れた奥さんの実家は資産家だそうで、今は親が所有しているマンションに息子と二人で住んでいるようです」

「ここに一人か」

佐竹啓介は部屋を見回しながら言った。

遺体が発見されたのは、地下鉄有楽町線豊洲駅から徒歩十分の場所に建つ五十階建てのマンション、豊洲グランドヒルの四十八階、四八〇三号室だった。

東南の角部屋。眺望は申し分なかった。南側は東京湾で、休日になるとゆったりと帆を張るヨットや波を立てて走り去るモーターボートの姿を見ることができた。

銀座や有楽町まで地下鉄で約十分。夜には、北側の窓からライトアップしたスカイツリーが見える。ブランドイメージも良く、人気の高級マンションだった。

「管理人の話では、近々他に引っ越すつもりだったとか」

「だろうな」

一人で住むには広すぎる。間取りは余裕のある3ＬＤＫ。居間だけでも、佐竹の住むマンションより広そうだった。

奥さんと子どもの荷物は運び出されていて、広さの割には家具が少なく、ひどく殺風景な印象を受けた。

寝室にはダブルベッドだけが残され、息子が使っていたと思われる北側の部屋の壁には女性アイドルのポスターが、まだ剝がされずにそのまま貼られていた。

「三日前、日曜日に引っ越し業者が下見に来ています」

「三日前……」

「月曜と火曜の新聞がポストに残されてますから、死んだのは日曜の夜でしょうか。二日間、連絡なしで休んでいたという、会社の話とも一致します」

「どこだっけ」

佐竹が聞いた。

「何がです？」

「会社」

「会社ですか？」

「ああ」

「会社は……」

御巫は手帳をめくった。

「タツミバイオですね。以前は辰巳農研と言っていたそうです」

「ノウケン？」

佐竹はここかと言うように、自分の頭を指さした。

「いいえ、農業の農です。野菜の種や苗を扱っている会社のようです。そのほか肥料に漢方薬、健康食品、結構いろいろ手広く扱っています」

「へえ、で、あの男は？」

「高橋義男。肩書きは、研究開発部の部長になってます」

「部長か」

佐竹は男が倒れていた居間の床を見た。遺体はもう運び出されていたが、床にはうっすらと人型らしき黒い影が残っていた。

佐竹は眉をひそめ、やってられないな、という顔で舌打ちをした。

死んでいた高橋は、タツミバイオという会社で研究開発部の部長をしていた。御巫が言ったように、辰巳農研というのは元々、野菜や穀物の種や苗、肥料などを扱う地味で牧歌的な会社だった。

十年ほど前に大学院で遺伝子工学を学んだという若い後継者が社長につくと、社名をカタカナに変え、研究所も一新した。

近年は世界的な食糧危機が叫ばれ、穀物、野菜、飼料といった農作物全般の値段が高騰している状況から、遺伝子工学を加えたタツミバイオの品種改良技術は国内外から注目を集めるようになっていた。

タツミバイオには川崎市に中核の研究所があった。さらに、様々な大学の研究室とも積極的に共同研究を行っていた。高橋の研究開発部というのは、それら全ての研究を統括、管理する部であり、会社の中心的な部であると言えた。

「で、確かにその男なのか、そこで死んでたのは」

佐竹は男が倒れていた床を指さした。

「ええ、多分」

御巫がうなずいた。

「多分か」

「DNAの結果が出れば、はっきりするでしょうけど。体つきとか着ていた服とかは、本人らしいです」

「体つき？　分かるのか、あれで」

「まあ、身長ぐらいは」

死んだ高橋は、下腹の出た典型的な中年太りの体型だったのだが、運び出された遺体にその面影はなかった。

エジプトの博物館に並べられているミイラとそっくりだった。顔は土気色に干からび、歯だけが異様に白く見えた。去年、会社の運動会で配布されたという緑色のジャージを着ていたのだがウエストはブカブカで、ミイラを持ち上げたとき下にずり落ち、場違いな白いブリーフが見えた。

「で、鑑識は何か言ってたか？　本当に死んでから二、三日か？」

「さあ」

「さあって何だよ。はっきりしろよ」

「でも、佐竹さん」

「佐竹警部補」

「はい、佐竹さん」

「だから、警部……まあ、いいや。ミコ、それで、理由は分かったのか。あの男がたった数日でミイラになったわけは」

「佐竹さん。私、名前、ミコじゃなくて、ミカナギなんですけど」

御巫は不服そうに言った。佐竹はいつも名前を間違える。ミカナギは由緒正しい名前だと、おじいちゃんが言っていた。正しく呼んで欲しい。

「ん？　ミコ。何か言ったか」

佐竹が御巫を見た。

「いいえ」

佐竹の表情を見て、御巫はあきらめたように「もうミコでいいです」とつぶやいた。目の前の男は、どうせ私の名前を覚える気などないのだ。

「死因の見当ぐらいつかないのか」

「まだ、何も」

「そうか」

佐竹は小さく息を吐いた。


遺体を発見したのは、石川という入社三年目の若い社員とマンションの管理人だった。石川は上司に言われ、二日間連絡のない高橋の様子を見に来た。インターホンで呼んでも応答がなく、「急病かもしれないので」と事情を説明し、管理人と一緒に高橋の部屋に入った。そして、運悪くリビングの床に仰向けに倒れていた高橋らしき遺体を見つけた。

二人が発見した時、高橋はすでにミイラ化していた。石川は吐き気を抑えながら何とか警察に電話をした。

連絡を受けた警察官はミイラになっていると聞いて、孤独死だと決めつけた。都会では、独居の高齢者が亡くなりミイラ化した後で発見される事例が増えている。

管理人は、部屋の主、高橋が三日前に業者と引っ越しの打ち合わせをしていたと、警官に話した。

駅前の交番から来た丸顔のどこかしまりのない警官はベランダから下を見て、

「これだけ高いと二、三日でミイラになるんだな」と的外れな感心をしていたが、いくら高層マンションが風通しが良く乾燥しているといっても、遺体が二、三日でミイラになるはずがなかった。

さて、どうする……。

佐竹は顎に手をやった。事故か殺しか、それとも自殺か。事故か自殺なら自分はお役ご免だ。御巫に書類を書かせて上に上げればお終いだ。ただ、少しでも事件の臭いがするとなると、詳しく調べなくてはならない。

一応、聞き込みでもしておくか。

佐竹は横目で御巫を見た。御巫はつまらなそうに、外の景色を見ていた。

不思議な女だ。佐竹は御巫の横顔を見ながら思った。刑事志望の女性というだけでも珍しいのだが、御巫は死体を見ても全く平然としている。着任した当初から、凄惨な死体を前にしても顔色一つ変えなかった。血だらけでも、顔が潰れていても、足がもげていても、関係がない。そして、今日のミイラも全く動じた様子はなかった。

オレでも初めは吐いたというのに……。

佐竹は頭をかいた。佐竹は殺害現場が苦手だった。今でも血が飛び散った現場を見た後は、しばらく胃がムカムカする。それなのに、あの女は顔色一つ変えない。

「おい、行くぞ」

佐竹は御巫に声をかけて、歩き出した。

2

「いつも、すみません」

麻生亮子は、小野幸司にお礼を言いながら、差し出された段ボール箱を受け取った。

両手で抱えるほどの大きさなのだが、中身がそれほど入っていないのか思いのほか軽かった。

「いいえ、そんな。研究室を整理していたら、麻生さんの私物が出てきたものですから」

小野は悪いことでもしたように、消え入りそうな声で言った。

「ありがとうございます」

「宅急便でお送りしてもよかったんですが」

玄関のドアが閉まりかけ、亮子は肩で押さえた。段ボール箱が傾き、箱の中で何かが転がる音がした。

何が入っているのだろう。届けてもらったことは有り難いのだが、まだしばらくは開ける気にはなれないだろう、と亮子は思った。

姉が亡くなって二ヵ月が過ぎようとしていた。心の整理はつかない。気が付くと姉のことをぼんやりと考えて、涙ぐんでいる自分がいた。

今でも電話をとると、姉が「亮子」と声を掛けてくるような気がする。

「ねえ、今度、遊園地に行かない？　駿が行きたいってうるさいのよ」

休みの日には、よく呼び出された。五歳になる姉の一人息子、駿一と一緒に遊園地やデパート、動物園などに出かけていった。

二年前、姉は夫を亡くしていた。食糧支援を行うＮＰＯに参加していた姉の夫、麻生幸雄は北アフリカで活動していた時、反政府暴動に巻き込まれて死亡した。

休日の遊園地は親子連ればかりだ。子どもと二人きりでは寂しいのだろう。だから、姉は自分を誘っていたのではないか。そう亮子は思っていた。

両親は、亮子が高校のときに相次いで亡くなっていた。大学は、すでに働いていた姉のアパートから通った。

学費は奨学金とアルバイトで賄い、生活費は姉に援助してもらった。

不幸はまだ続いた。一年前、姉の息子駿一が小児ガンで亡くなった。そして姉も、後を追うように自殺してしまった。

ため息ぐらいでは慰めにもならない。

「あの、いいですか。お線香だけでも」

小野が部屋の中をのぞくように見ながら言った。

「あっ、どうぞ。お願いします」

亮子はドアから体を離した。

「失礼します」

小野は軽く頭を下げて部屋に入った。

古いアパートだった。部屋は六畳と四畳半の二間に、テーブルを置くとそれだけで一杯になる台所兼食堂がついていた。

おしゃれでも使いやすくもないが、一人で住むにはこれで十分だった。

姉の写真が奥の四畳半に飾られていた。小野は線香をあげ、写真に向かって手を合わせた。

亮子が台所でお茶を入れていた。

「おかまいなく、すぐに帰りますから」

と小野は言ったが、亮子はすでにお茶をテーブルに運んでいた。

「何もありませんけど」

「すいません」

小野が台所に来て椅子に座り、お茶を口に含んだ。しばらく、お茶をすする音だけがしていた。

眼鏡が湯気で曇り、小野はハンカチでレンズを拭いた。

「私、来月から復帰することにしました」

ポツリと亮子が言った。

「学校に、ですか？」

小野は顔を上げ、亮子を見た。

「ええ、昨日、校長先生と相談して」

「そうですか」

「忙しくしていたほうがいいかなって。一人で部屋にいると、ついつい姉のことや駿君のことを考えてしまって」

「そうですね。働いていた方が気が紛れていいかもしれませんね」

「姉のマンションも整理しなくちゃと思いながら、まだ、入る勇気がなくて、何を見ても姉や駿君のことを思い出してしまって……」

亮子はハンカチを取りだし目頭を押さえた。

小野は黙って、二度三度と相づちをうった。


亮子は小学校の教員だった。三月二十五日、深夜、警察から電話があった。姉が大学の屋上から飛び降りたという連絡だった。

亮子はタクシーを拾い、姉が運び込まれた病院に駆けつけた。しかし、亮子が着いたときには、姉は息を引き取った後だった。

救急車が現場に到着したときには、すでに姉は死んでいたようだ。病院に運ばれる間、心肺蘇生を施したが姉が生き返ることはなかった。

両親が早くに亡くなり、亮子にとって姉はただ一人の肉親だった。何かあれば、いつも姉に相談していた。

頼れるのは姉だけだった。その姉が自殺してしまった。

亮子はショックで学校に行けなくなった。

動いていても、休んでいても、急に姉の顔が浮かび涙が止まらなくなってしまう。

町を歩いていても、しゃがみ込んで泣きじゃくりそうになる。

とても子どもの前に立ってしゃべることなどできそうになかった。

一人で部屋にいると、悲しさから自殺さえ考えたのだが、二ヵ月経ちようやく心が少し落ち着いてきた。

小野に言ったように、一昨日学校に行き、学校長と復帰の時期について相談してきた。帰り際、休み時間に校庭で遊んでいた生徒たちが、「亮子先生」「もうだいじょうぶなの」「早く帰ってきて」と口々に言いながら、駆け寄ってきた。休職前に担当していた三年二組の生徒たちだった。

「ごめんね。もうだいじょうぶだから。みんな、元気だった?」

亮子は子どもたち一人一人に声をかけた。

気が付くと、一人の女の子が亮子のスカートの裾を握り、潤んだ目で亮子を見上げていた。

「ミオちゃん」

小塚美緒だった。小太りで、跳び箱が苦手な内気な子だった。ビーズで指輪や腕輪を作るのが好きな子で、時々自分で作ったビーズ細工を持ってきて亮子に見せた。

亮子が「わー、きれい。ミオちゃん、上手ね」と褒めると、美緒はいつも恥ずかしそうに顔を赤くしてうなずいていた。

「先生、これ、あげる」

美緒がビーズで作った指輪をポケットから取りだし、亮子に渡した。

「ありがとう」と亮子が言うと、美緒は嬉しそうに笑った。

ここに戻ってこよう。亮子はもう一度校舎に戻り、校長に、

「私、戻ってきます」と告げた。

私が泣いていても、姉は喜ばないはずだ。頑張って前に進んで行こう、と亮子は思った。


「ごちそうさまでした」

小野が湯飲みを置いて立ち上がった。

「それじゃ、失礼します」

小野は玄関に向かい、靴を履いた。

「また何かあったらお知らせしますから」

「はい」

「あの……」

小野は亮子の顔を見て、何か言いかけて止めた。

「何か？」

「いえ、何でも」

小野が硬い笑顔を見せ、ドアから出て行こうとすると、亮子が、

「あっ。私もちょっと買い物に行きますから、駅までご一緒します」と言った。

「ええ」

小野は嬉しそうな顔を見せた。

亮子は髪だけとかし、トレーナーにジーンズのまま、部屋から出て来た。

3

「誰も、おかしな物音とか聞いていないようですね」

御巫が手帳を見ながら言った。

「ああ」

「鍵は部屋の中から掛かっていたから、やっぱり病死ですか」

「ああ」

御巫が話し、佐竹が相づちを打っていた。聞き込みを終え、二人はマンションを出て、地下鉄の駅に向かって歩いていた。

めぼしい情報は得られなかった。都会のマンションは住民同士の交流は少なく、隣の部屋といっても挨拶はおろか誰が住んでいるのかさえ知らないケースも多い。よほど変わった人間が住んでいて大きな音でもさせなければ注意を引くこともない。

改めて整理してみると、強盗や殺人の線は薄そうだった。管理人の話によると、部屋の鍵は確かに中から掛けられていた。

窓の鍵は開いていたのだが、四十八階までベランダづたいに登ってくる物盗りもいないだろう。自殺も考えづらい。詳しい検死結果を待たなければ断定はできないが、高橋は日曜日に業者を呼んで引っ越しの打ち合わせをしている。離婚して生活は不安定なようだが、落ち込んでいるようには見えなかったという。

薬物による中毒死も考えられないことはないが、部屋からは毒物も薬物も発見できなかった。ともかく、このあたりは検死結果待ちだった。

夫婦仲は冷え込んでいたようだ。警察が高橋が亡くなったと連絡したときも、元の妻は「あら、そうですか」と淡々と答え、身元の確認を依頼すると、「もう、関係がありませんから」と断った。そして続けて、「会社の関根さんに聞いた方がいいんじゃないですか」と言った。

「銀座にも誰かいるみたいですけど」

妻と別れた後——前からかもしれないが——高橋はそれなりに楽しい生活を送っていたようだった。

「病気だろうな」

佐竹は呟いた。

「ええ、多分」

御巫も相づちを打った。

それにしても、死んでいた男が確かに高橋だということになると、わずか三日でミイラになったことになる。

「おい。お前、三日で」

佐竹は御巫に、ミイラになる方法を知っているかと聞きかけて止めた。

御巫はいつもの顔で、携帯を見ながら歩いていた。

全く、何なんだ、こいつは。

自分はさっき見たミイラの顔が夢に出て来そうになっているのに、御巫はミイラを忘れて趣味のサイトでも見ているようだ。

佐竹は、「フー」と一つ息を吐いた。

まあ、病気だろう、と佐竹は自分を納得させようとした。事件でなければ、もう自分がミイラを見ることもない。

しかし、考えないようにしようと思っても、やはりミイラが気になった。

引っ越し業者は日曜日の午後二時に下見をしていた。タツミバイオの社員とマンションの管理人が、文字通り変わり果てた高橋の遺体を発見したのは水曜日の午前八時だ。遺体が高橋に間違いないとすると、一番長く見積もっても二日半でカラカラのミイラになったことになる。

ミイラの作り方に詳しいわけではないが、どんなに乾燥していたとしても、遺体を部屋に二日置いただけではミイラにならないだろう。

佐竹は考えれば考えるほど気味悪くなった。柔道三段、五分刈りでがに股。風貌はいかついが、怪談やホラー映画は苦手だった。遊園地に行っても、お化け屋敷だけは避けて通る。誰にも言えないが、刑事になった今でも街灯のない暗い夜道を一人で歩くのは怖い。

ミイラを作る秘密の方法でもあるのか。少なくとも聞き込みに行った部屋の住人達は、特別気になるような物音を聞いた覚えはないということだった。

もっとも、上の階の一家は日曜に家族全員で遊園地に遊びに行っていたし、下の階は日中、高校生の息子が一人で勉強をしていた。ヘッドホンをして音楽を聴いていたというから、これもわからない。

横の家は耳の遠そうな老夫婦だけだから、少々の物音は気が付かなかったかもしれない。

音といえば月曜日の朝、日の出の頃、ザワザワと何かが引きずられるような音を聞いたと老夫婦の妻が証言していたが、これもただの耳鳴りか聞き間違いかもしれない。

「でも、どうしてですかね、二日でミイラになるなんて。科捜研に知り合いがいるのでさっきメールを送ってみたら、ウソでしょって。でも、もしかしたら何かおかしな伝染病かもって返事が来て。――佐竹さん、佐竹さん」

見ると、佐竹が小走りで地下鉄の駅に続く階段に向かっていた。御巫も、あわてて佐竹の背中を追っていった。

佐竹は、警察署に急いだわけでも御巫から離れたいわけでもなかった。御巫の話を聞いて、ミイラのいたマンションから少しでも早く、遠ざかりたくなっただけだった。

4

亮子と小野が並んで歩いていた。時刻は夕方の六時になろうとしていた。真っ赤な夕日が、二人の正面に見えていた。

「冷蔵庫に何もなくて」

亮子が言った。

「食事はいつも自分で？」

「ええ」

「偉いですね」

「いえ、本当は冷凍とか、いろいろ使ってますけど」

「外で食事は？」

小野が尋ねると、亮子は軽く首を傾げ、

「あまり」と答えた。そして、「最近は」と付け加えた。

亮子のアパートから駅までは、徒歩で十分ほどの距離だった。

周りは住宅地だった。ただ賃貸アパートの隣に保育園があり、その横に狭いネギ畑とコインパーキングがあり、マンションが建ち、誰も住んでいないような古い家が置き去りにされている、といったお世辞にも計画的とはいえない町の景色だった。

ポツリ、ポツリと言葉がでるだけで、会話は弾まなかった。

コンビニの角を曲がり大通りに出ると、直線で駅が見えた。あと二、三分歩けば駅についてしまう。

「実は」と小野が言った。

「私、来月、大学から会社に戻るので、そうなるともう研究所にはほとんど行かなくなりますし、麻生さんの所に来るのもこれが最後かと」

「えっ、そうなんですか。てっきり、小野さんは大学の方だとばっかり」

圭子が驚いた顔をした。

「会社から二年間の国内留学で東応大学の研究所の方へ」

「そうでしたか、あの、会社というのは」

「タツミバイオという会社なんですが、ご存じですか？　あまりコマーシャルとかしない会社なので」

「タツミバイオ、どこかで、確か、聞いたことが……ああ、あれですよね、花にペットの遺伝子を」

「ええ、亡くなったペットの遺伝子を花に入れて永遠に」

「一度、テレビのニュースで見ました。あの会社ですか」

内容はタツミバイオの紹介ではなく、ペットロスの特集だった。

子どもの数の減少や動物による癒し効果などもあって、犬や猫といったペットを飼う人が増えている。

ペットに絡む問題というと、深夜の犬の鳴き声や排泄物の放置など飼い主のマナーの問題があげられるが、テレビで取り上げたのはペットの死によって引き起こされるペットロスの問題だった。

ペットの死に際し、愛着が強かった人ほど喪失感もまた強くなる。ペットを失ったショックで、うつや不眠、摂食障害、情緒不安定、体調不良など、様々な精神的・身体的な症状が現れる。それらはまとめて「ペットロス症候群」と呼ばれている。

ペットロスの症状を和らげるための治療やカウンセリングとともに紹介されたのが、タツミバイオが始めた、亡くなったペットの遺伝子を花に埋め込むサービスだった。

「会社の本業は、野菜や穀物の品種改良なんですけど。あれは何というか社長の趣味でして」

「そうなんですか」

「社長の奥さんが大事にしていた犬が亡くなって、食事が喉を通らないほど悲しまれて、どうにかならないかと会社の研究所に」

「ええ」

「それで、亡くなったベッキーちゃんの遺伝子を花に入れて」

「ベッキーちゃん？」

「犬の名前です」

小野の答えに亮子がフッと表情を緩めた。

亮子が微笑むと小野は嬉しそうな顔をした。

「気持ちですよね。遺伝子を入れたからって何も変わりはしないんですよ。花の生育には影響のない場所に、遺伝子を組み込んだようなんですけど」

「そうですか」

「使ったのは淡いピンクのシクラメンでしたけど、奥さんはベッキーちゃんにそっくりの色だって喜んでくれて。何でも亡くなったペットの名前を呼ぶと、花が反応するとか言って」

「本当に？」

「まあ、動物の意識というのは、どこから来ているのかまだ分からない所もあるようですし、遺伝子を埋め込むと意識も花に乗り移ってとか、カルト好きの研究員が言ってましたけど、まさかそんなことはね。でも、それで悲しみが少しでも無くなれば」

「そうですね」

「その後、奥さんが知り合いの方に話したら、ちょうどその方もペットを亡くしたところで、同じように遺伝子を入れて、また他の知り合いに話して、と段々に口コミで広まったようで、結局ビジネスに」

「会社はどこか遠い所ですか」

亮子が小野に尋ねた。

「えっ？」

「戻られるっていうから、大阪とか」

「いいえ。本社は東京です。中央研究所に配属になれば、多分、川崎に」

「そうですか。それならそれほど遠くないですから、よかったらまたいらして下さい」

「ありがとうございます」

小野はそう言って顔を赤らめたのだが、亮子は気が付かなかった。

駅の手前には、通りに沿って商店街のアーケードが続いていた。八百屋や肉屋が並ぶ懐かしい雰囲気の商店街だった。

近くには有名な神社や不動尊があって、かつては商店街も参拝客などで賑わっていたのだが、近頃は参拝客も減り、昔のような華やかさはなくなっていた。

隣町に大きなスーパーが開店したときには、ここもシャッター街になってしまうのでは、と心配する声もでたが、常連の高齢者には、無言でスーパーの列に並ぶよりもなじみの店で一言二言世間話をするほうが嬉しいようで、思うよりも客が減ることはなかった。

アーケードの下を歩いていると、

「こんにちは」と亮子に声がかかった。

声をかけたのは、「花房」という花屋でアルバイトをしている和泉吾郎だった。

和泉は亮子が顔を向けるともう一度、

「こんにちは」と言い、笑顔を見せた。

ピンク色で華やかな花柄のエプロンをかけ、ゾウのじょうろを手にしていた。注ぎ口が象の鼻になっている。

髪はボサボサで、そり残した髭が顎の下から数本飛び出している。背が高く、肩幅も広い。ラグビー選手のようないかつい外見の和泉が、ピンク色のエプロンをしてゾウのじょうろを手にしている姿は、思わず笑ってしまうほどユーモラスだった。

「花はいかがですか」

和泉が言った。

亮子は立ち止まった。姉の遺影の前に飾る花をここで買っていた。「花房」の店主、辻英子は、亮子と姉の事情を知っていて、亮子が花房に立ち寄るといつも季節の花を選んでくれていた。

「麻生さん、いらっしゃい」

英子が顔を出した。

亮子は店の前に並べられた花に目をやった。

「少し早いけど水仙はどうかしら、カーネーションもきれいだし、アヤメとユリも」

英子が花を指さした。

「そうですね。それじゃ、お願いします」

「ええ」

英子は、店頭に並んだ花から一本一本ていねいに選び、花束にしていった。

「あの」と横から小野が言った。

「もしよかったら、お金は私に出させてもらえませんか」

「えっ」

亮子が声を出し、花を持った英子が亮子を見た。

「姉と同じ研究所で」

亮子が言うと、英子は「ああ」とうなずいた。

「おいくらですか」

小野が聞くと、英子は、

「えーと」と一瞬考えてから、「八百円で」と答えた。

英子が「いいのね」と確かめるように亮子を見、亮子はうなずいた。

小野が代金を払い、英子が花を亮子に渡そうとすると、

「私、ちょっとお野菜を買ってから」と亮子は道路を挟んで向かいにある小さな食品スーパーを指さした。

「それじゃ、帰りに声をかけて。預かっておきますから」と英子は言った。

「すいません」と亮子が頭を下げると、

「何言ってんの。お客さんが、すまないなんてことないわよ」と英子が微笑んだ。

「それじゃ、私はここで失礼します」

小野が会釈をした。

「はい」

亮子も会釈を返した。

小野はアーケードの下を駅に向かって歩いていった。

亮子が小野の後ろ姿を見、英子は亮子の横顔を見ていた。

「和泉君、ちょっとここ、掃除をお願いね」

英子がボーっと立っている和泉に言った。

「あっ、はい」

和泉が返事をし、あわてて掃除を始めた。

「水をまくときは気をつけてね。あなたの力でまくと、お向かいさんまで飛んで行ってしまうから」

「は〜い」

答えながら、和泉は頭をかいた。いたずらをして怒られた小学生のような顔をしていた。

「それじゃ、ちょっと買い物をしてきますから」

亮子が和泉に言った。

「あっ、行ってらっしゃい」

和泉は顔を上げた拍子にバケツを蹴飛ばし、ガラガラと大きな音をさせた。

「和泉くん、気をつけて」

英子が店の中から大きな声をだした。

「はい」

和泉は背をピンと伸ばして返事をした。そして、「いや、まいったな」と頭をかきながら亮子を見た。

亮子は和泉に会釈をして、スーパーに向かって行った。

5

DNA検査と歯の診療記録から、遺体は高橋本人であることが確認された。

高橋の遺体は司法解剖された後、国立予防研究所に運ばれて、ウイルスや病原菌の有無が検査されていた。

二、三日でミイラ化するというのは、どんな条件にしても明らかに異常だった。何らかの新しいウイルスが疑われるのももっともな話なのだが、結論から言えば、特に不審なウイルスや病原菌は発見されなかった。

死因は心不全。正確に言えば、死因は不明。体に目立った外傷はなかった。薬物の痕跡もなし、ガンなどの病巣もない。健康診断で生活習慣病予備軍と診断されていたようだが、ビール腹は死亡原因にはならない。脳出血もなし、原因は分からないが、ともかく心臓は止まった。だから心不全だった。

死因不明。さらに、ミイラになった理由も方法も全く明らかにならなかった。

ミイラというと、古代エジプトのミイラがすぐに思い浮かぶ。映画などで有名になった、王の墓から発掘されたミイラである。

カイロの考古学博物館に行けば、王のミイラだけではなく、犬や猫といった動物のミイラも数多く展示されている。

死者をミイラにする風習は、エジプトだけではなく、南米のアンデスや中国にもあったようだ。

日本においても、「即神仏」と呼ばれるミイラがある。僧侶が土の中で瞑想し、食を絶ち自らミイラとなる。ご開帳の時期には、ミイラを公開している寺もある。

遺体が放置されミイラ化する例も、それほど珍しいわけではない。都会はアスファルトとコンクリートとに囲まれ、アフリカのサバンナと似た気候になっている。

一人暮らしの人間が多くなり、マンションやアパートで孤独死すると発見が遅れ、遺体がミイラ化する事例が珍しくなくなっている。よほど変わった事情がなければ――例えば、遺体に毎日食事を与え、生きていると言い張っているとか――ミイラ化した遺体が発見されても、報道さえされなくなった。

死体がミイラ化する条件は、細菌によって腐敗が進むよりも早く水分が蒸発し、乾燥することだ。

エジプトでは、血を抜き取り内臓や脳を取りだして水分を減らし、その後、遺体を布で巻き七十日間、防腐処理を施した。

南米のアンデスでは、同じように内蔵を取りだした後、火で乾燥させた。

砂漠のような極度に乾燥した場所では、放置しただけで自然にミイラ化する。

東京は確かに乾燥している。高層ビルの上層階ならなおさらだ。とは言え、さすがに数日でミイラ化することはない。

人が死に、自然にミイラになるには、通常三ヵ月が必要とされている。

宇宙空間では、気圧が極めて低く真空に近いことから、宇宙服に傷がついていると血が沸騰して数分で体の水分がなくなり、ミイラになってしまうと言われている――ただし、まだ実例はないようだ。

インスタントコーヒーなどで用いられている、冷凍して水分を抜き出すフリーズドライの技術を用いれば、生物をごく短時間でミイラ化することができる。実際、フリーズドライ方式でペットを剝製にするビジネスが存在している。

人がすっぽり入るような巨大な機械を使って、真空、もしくは冷凍して乾燥させれば、短時間でミイラ化する方法があるのかもしれないが、誰が、何の目的で、そのような手間のかかる悪趣味な事をしたがるというのだろう。

佐竹は家に帰り、風呂に入りながら、ミイラのことを考えていた。

娘は中学三年、息子は高校三年。どちらも来年入試だった。二人とも塾に行っていて、まだ帰っていなかった。

住宅ローンはまだ二十年残っている。来年から教育費が増える。妻は体重が増えたと言って、日中、町のプールで泳いでいるらしい。自分はまた白髪が増えそうだった。

佐竹は頭を洗い、鏡に映った自分の顔を見た。疲れた中年男の顔だ。湯気で鏡が曇り、自分の顔がミイラになっていくように思え、思わず体が震えた。

男がミイラになっていく映像が頭に浮かんだ。床に横たわり苦悶に顔を歪め、右腕が虚空を摑もうともがいている。そして、あっと言う間に水分がなくなり、顔がミイラに変わっていく。その男の苦痛に歪んだ顔は高橋ではなく、五十を超え、肌が荒れ、無精髭が目立つ、自分の顔だった。

「フー」と佐竹はため息をついた。

「あはは」と妻の笑い声が聞こえてきた。テレビのバラエティー番組を見ているらしい。

「あいつは、ミイラにならないな」

佐竹は妻の三段腹を思い出して、苦笑いした。


佐竹が風呂に入っている同じ時刻、御巫はアパートの裏庭で野良猫に餌をやっていた。雌の三毛猫だった。

うまそうに餌皿に顔を埋めてキャットフードを食べている猫を見ながら、御巫はこの猫を部屋で飼えないかどうか考えていた。

「私の部屋に来る？」

御巫が猫に話しかけた。

気のせいか、猫がうなずいたように見えた。

「そうか、来てもいいんだね」

御巫は嬉しそうにつぶやいた。

猫は一緒に住んでもいいらしい。しかし、アパートはペット禁止だった。

大家は病的なペット嫌いだった。犬猫はもちろん、ハムスターもインコもカメも金魚でさえ、見つけると大声で「禁止、禁止」と叫びだす。

　先月も、部屋にチワワを隠して飼っていた女性がアパートから追い出されていた。まあ、追い出されるのはいい。面倒だけど、他のアパートに引っ越せばいいだけだ。今のアパートやこの街に愛着があるわけではない。帰ってきて寝るだけの場所だ。

　警察の仕事にもこだわりがあるわけではない。東京で猫を飼うのが難しければ、仕事も辞めて、田舎に移住してもいい。もしかしたら、埃だらけの都会にいるよりも、田舎の空気と水に染まったほうが良いかもしれない。

　でも、と思う。ミケコは——御巫はすでに猫に名前をつけていた——一人で自由に暮らしたいのかもしれない。狭い部屋に閉じ込められるのが幸せとは思えない。

「もう少し考えようか」

　御巫は猫につぶやいた。「でも、毎日、来てあげるからね」

　猫は餌を食べながら、「ウニャウニャ」と嬉しそうに返事をした。

「ザワッ」と音が聞こえた。

　御巫は周りを見回した。

　もう一度、音が聞こえた。後ろの藪で何か動いた気がした。

　何だろう？　御巫は暗がりに目をやった。犬？　猫？　それとも、狸？　アライグマ？　都会にも、様々な動物が暮らしている。

　裏庭は暗い。目を凝らしても、何も見えなかった。

「えっ？」

藪の中にピンク色の花が見えたような気がした。

御巫が立ち上がり、藪をのぞき込もうとしたとき、「ズズッ」と何かが引きずられるような音が聞こえた。

急に寒気がした。背中に悪寒が走った。御巫は思わず猫を抱きかかえ、アパートに向かって走って行った。

6

場末という言葉がぴったりな路地裏だった。

もつ煮込み、フィリピンパブ、お好み焼き、焼き鳥、カラオケスナック。酔っぱらいと文無し、女の嬌声と犬の鳴き声、愚痴と嘲笑。およそ秩序とは程遠いのだが、無秩序も過ぎればそこに何らかの秩序と安息を見いだす人もいるらしい。

小便と嘔吐の臭いがしていた。「焼き鳥」と書かれた暖簾を分けて、山口広高が飲み屋からフラフラと出てきた。いや、飲み屋から追い出されたと言った方が正しい。

酔いつぶれ、店の奥のカウンターで突っ伏していた。

「店、閉めますから」

まったく、という顔で店の女将が言い、「ほら、山口さん」と主人が体を揺すった。

つけは大分残っている。この様子では今夜もつけだろう。それでも、来週には金が入ると言っていた。一応、雑誌記者だ。書くことも喋ることもウソばかりで、真実はどこを探しても見つからないが、遅れても勘定だけは払っていた。潰れそうな飲み屋にしてみれば、「上」は付かないが、「客」には違いなかった。

「足下に気をつけて」

主人は丁重に背中を押して、店から追い出した。

山口は片手を上げ、「おう、また」と呂律の回らない口調で言い、外に出た。

目は開いているのか、閉じているのか分からない。体が左右に揺れ、通行人に当たり、倒れそうになりながら歩いていた。

アパートまで五分だ。泥酔していても体が道を覚えていた。

木造の古いアパート、三階建ての二階の隅の部屋。ギシギシと階段を上り、鍵を開け、倒れ込むように部屋に入った。

二間だけ、家具はほとんどない。台所はあるが、近頃は水を沸かすこともなくなっていた。

部屋は寝るだけだ。風呂も使っていない。貯金はない。金が入れば居酒屋のつけを払い、競馬に行き、気が付けば消えている。

体にガタがきていた。鏡には死人のような張りのない土気色の顔が映っている。

胸焼けがする。目は黄色く濁っている。ヤニ臭い。小便は褐色で、いつも下痢気味だ。手足はむくんでいて、自分で触っても肝臓が腫れているのがわかる。

タバコを止め、酒を控え、健康に気をつかい、休みには窓を開け、部屋を掃除して、競馬をほどほどにし、金を貯め、まともな生活に変えないと、来年にはこの世にいないかもしれない。

そんなことは嫌ほど分かっているが、死ぬまで変えられないことも、もっとよく分かっていた。

ここ二ヵ月、山口はどうにも目覚めが悪かった。酒がまずい、気持ちよく酔えない。飲めば飲むほど頭の芯が覚めてくるようだった。そして、飲んだ翌日は決まって酷い二日酔いになる。

あのせいだろう。決まっている。あれ以外に理由はない。

二ヵ月前だった。雨の夜、今でも死んだ女の顔が目に焼き付いて離れない。

「事故だった」とアイツは言った。

「しかたなかったんだ」

ケータイで呼び出され、行ってみたら女が倒れていた。

アイツら二人はガタガタ震え、どうしたらいいか俺に聞いてきた。

「警察を呼ぶしかないだろう」

俺が言うと、アイツは、

「それはだめだ」と震えながら首を横に振った。アイツは、落ち着こうとタバコに火を付けようとしたが、手が震えてライターに火が付かなかった。

もう一人は、部屋の隅に座り込んでブツブツと訳の分からない事をつぶやいていて、今にもパニックになって叫びだしそうだった。

「それじゃ、どうする」

俺が考えていると、小尾が、

「自殺ってことに」と横から言った。

「できるのか？」

アイツが言い、

「ああ」と小尾が答えた。

アイツは、「そうか」と安堵のため息をついた。

きっと、アイツには小尾の声が神のお告げか何かに聞こえたのだろう。しかし、俺には悪魔の囁きにしか聞こえなかった。

小尾と俺は女を屋上に担いでいった。体はまだ生温かった。息はしていなかった、はずだ。心臓はどうだ、止まっていたと思うが、暗闇で警備員を気にしながら女を運んでいたあの状況では、違うと言われても否定する自信はない。

屋上から突き落とした時はまだ生きていたんじゃないかと、繰り返し考えてしまう。

悪を気取っていても、俺は小心者だ。いろいろ悪さもしたが、人を殺したことはなかった。

アイツが遺書を書き、女の机の上に置いた。

俺は適当に話をでっち上げ、三流週刊誌に掲載させた。お涙頂戴の自殺記事だ。

女の死は何も疑われず、自殺で処理された。アイツは事件を隠し、俺と小尾には金が入った。万々歳だ。違うか？

「くそったれ」

山口は立ち上がり、台所に行き、蛇口をひねり水を口に含んだ。しかし、東京の水道はカビ臭く、飲み込めずに吐き出した。

山口は部屋の冷蔵庫を開け、「チッ」と舌打ちをした。ビールを期待したのだが、冷蔵庫には文字通り何も入っていなかった。

山口は着替えもせずにベッドに横になった。ベッドは前の住人が置いていったものだった。

この部屋を紹介した不動産屋は、残っていたベッドを指さし、「どうします」と山口に聞いた。前に住んでいた大学生が、いらないからと置いていったのだと言った。

「いらなければ、外に出しますけど」

不動産屋は言ったが、山口は「使うよ」と答えた。誰が使っていようと気にはならない。寝られればそれでいい。前のアパートでは三年間、引きっぱなしの布団に寝ていた。

若いときには車の中で三日寝たこともある。今の姿からは想像できないが、これでも昔は——相当、昔だが——正義感にあふれた新聞記者だった。

純粋にピューリッツァー賞にあこがれ、新聞には真実だけが書かれていると信じていた頃の話だ。

書いた原稿がボツになり、上司とケンカして新聞社を辞めた。週刊誌に記事を書くようになり、いつからか、ウソを書いても心が痛まなくなった。

ヤクザに知り合いができ、それを自慢したこともあった。アイツが俺に電話をしてきたのは、そんなことを覚えていたからかもしれない。

さんざんウソを書いて人を泣かせてきたが、人を殴ったことはない。それが、今度は殺しの後始末に手を貸してしまった。

落ちるところまで落ちたということか。

スライドショーのように、人の顔が浮かんでは消えていく。別れたかみさんや子どもが、どこで何をしているのか全く分からない。浮かんでくる子どもの顔は三歳のままだった。

天井がグルグル回っていた。山口はまぶたを閉じた。意識がしだいに薄れていった。

目を閉じるとすぐに、山口はイビキをかき始めた。太っていると舌が気道をふさぎ、イビキをかくようになる。

睡眠時無呼吸症候群。夜、十分に睡眠がとれず、昼間、どこでも眠くなる。

山口のイビキが止まり、三十秒ほど呼吸も止まった。ガガガという大きなイビキと共に呼吸が回復し、ウーンとうなされたようなうめき声を上げた。

眠っている山口のベッドの下から、ユラユラと左右に揺れながら、植物の細いツルが伸びてきた。

窓のカーテンは開いていた。月明かりがツルを青白く照らしていた。ツルには小さな根がびっしりと生えていた。

一般に植物の根は、地中から水や養分を得ているが、中には、寄生した生物から水分や養分を取っている植物がいる。

ヤドリギは、茎から寄生根と呼ばれる特殊な根を出し、その根で寄生する植物から必要な養分を吸い取り成長していく。

ガジュマルの木は、幹や茎から気根という根を出し、宿主の表面を覆うように絡みつき養分を吸い出す。

細かな根を持ったツルがユラユラと伸びていった。その様子は、まるで朝顔やひまわりの生長を早送りで編集した映像を見ているようだった。

ツルは何かを探すように首を振りながら伸びていき、先端が山口の体に触れると、ツルに生えた細い根で皮膚に張り付いた。

ザワザワと葉のこすれ合う音がし、ベッドの下から次々とツルが伸びてきて、山口の体にまとわりついていった。

まだイビキは聞こえていた。山口の体がツルと緑の葉で覆われていった。

ツルが顔に当たり、山口が払おうとして腕を動かした。葉が数枚剥がれ、床に落ちていった。

細かな根が、ズボンの裾、シャツの袖、首まわり、顔、手、足、そして服の繊維の間から、皮膚に伸び、張り付き、体に侵入していった。

山口は「うっ」とうめき声をあげた。すでに、体は完全に植物に支配されている。

山口は体を起こそうとしたがツルが巻きつき動かすことができなかった。皮膚から侵入した根が、山口の体から水分を奪っていく。

「おっ、あっ」

山口の体が痙攣し、ベッドがギシギシと音を立てた。そして次第に、声も痙攣もなくなり、外からの音が聞こえるだけになっていった。走り去る車の音。犬の鳴き声。酔っぱらいどうしの呂律の回らない会話。

緑の葉の間から、淡いピンク色の花が顔をのぞかせた。そして部屋の中には、甘い香りが静かに満ちていった。

7

夜中の二時、鈍いモーター音をさせ、エレベーターが動きだした。

エレベーターには男が一人乗っていた。マスクをし、黒い野球帽をかぶっている。夜中に野球帽はかえって目立ってしまうだろうと変な心配をしてしまうのだが、エレベーターには防犯カメラが設置されていた。用心に越したことはない、ということなのだろう。

エレベーターが五階で止まった。ドアが開き、男は顔を出し、左右を見て周りに人がいないのを確かめると、静まりかえった深夜の廊下を歩いていった。

深川リバーサイドマンション。麻生亮子の姉、圭子が暮らしていたマンションだった。

５０４号室。圭子が亡くなったのは二ヵ月前だ。今は誰も住んでいないのだが、「麻生」というドアの表札はそのまま残されていた。

男は部屋の前に立ち、五桁の暗証番号を押した。「２４５６８」。

指が震え、一回目は押し間違えた。エラーを知らせる「ピー」という音が、無人の廊下に響いた。男はビクッと体を反応させ、周りを見た。だいじょうぶだ、誰も来ない。

男は深呼吸をし、手袋を外し、改めて番号を押した。

カチッと金属音がして鍵が開いた。男は一つ小さく息を吐いた。安堵の吐息だった。

番号は変わっていなかった。暗証番号は、一度マンションを訪ねた時に盗み見て覚えておいた。

男はドアノブを回し主の消えた部屋に入っていった。

ペンライトの明かりが、生き物のように床を這っていく。男は書斎、居間、寝室と調べていった。盗みには違いないのだが、目的は金ではなかった。宝石や通帳も見つけたのだが、そのままにしておいた。

めぼしいところは一通り調べたが、目当ての物は見つからなかった。男はもう一度書斎に戻り、机の上の書類やノートを調べ、次に机の引き出しを一つ一つ開け、何か隠された物はないかと、引き出しの奥にまで手を入れ探ってみた。

何もない……。

男はため息をつくと、携帯を取りだし電話をかけた。

呼び出し音が三度聞こえた後、相手が出た。

「私ですが」

部屋には誰もいない。しかし、男は携帯を口につけるようにして、できるだけ小声で話した。

「見つかりません、ええ、探しました。ええ、分かってます。そんなに言うなら、あなたが自分で探したらどうですか」

男はいらだった声をだした。

「ええ、パソコンのデータはコピーして行きます。また後で、ええ、分かりました」

男は電話を切り、目の前にあるパソコンの電源を入れた。モニターが明るくなり、おなじみの効果音が聞こえ、コンピューターが立ち上がった。

パソコンがパスワードの入力を促していた。男が、「ｓｈｕｎｉｃｈｉ」と打ち込んだ。麻生圭子の息子の名前だった。

男は持って来たバッグの中から記録メディアを取りだし、パソコンにつないだ。

こんなことなら、と男は思った。もう少し、詳しく聞き出しておけばよかった。しかし、それは無理な話だったろう。

彼女は自分の研究データが盗まれることを極度に警戒していた。誰にせよ机に近づくだけで、きつい目をされるほどだった。

とりあえず、パソコンのファイルを調べるしかなさそうだった。しかし、多分ここにも何もないだろう、と男はモニターを見ながら思った。

第二章　葉

1

佐竹は何度もアクビを繰り返していた。

警視庁城南署。二日前、ミイラ化した遺体を見てから、佐竹は厄落としと称して毎晩深酒をしていた。飲まないとミイラの顔が浮かんできて眠れないのだ。

寝不足と二日酔いで、回らない頭がさらに回らなくなり、昼間からアクビばかりしていた。

気分は最悪だ。もしかしたら病死で終わるかも、と期待していたのだが、上から死因がはっきりするまで捜査を続けろと命令がきた。

御巫はすました顔で携帯をいじっていた。どうやら、ミイラのミの字も気にしてないらしい。

佐竹は小さく舌打ちをして、「まったく」とつぶやいた。

机の上の電話が鳴った。佐竹が取ると、

「佐竹警部補。千葉県警の方が見えてます」と、受付の女性が伝えてきた。

「はあ」

千葉県警？　何だろう？

佐竹は首をひねった。千葉に知り合いはいないはずだ。先月、高速を走って成田まで行ったが、スピード違反はしていない。制限速度は守っていた。その前、千葉に行ったのはいつだったろう……。

佐竹がグチャグチャ考えていると、角刈りの、いかにも刑事といった雰囲気の男が部屋に入ってきた。

「佐竹警部補は？」

男は汗を拭きながら入り口でたずねた。

「ああ」

佐竹は手を上げた。

男は佐竹の元に来て、

「千葉県警の富田です」と佐竹に名刺を渡した。

「佐竹ですが、何か？」

千葉県警巡査部長、富田伸吾。佐竹は名刺を見ながら言った。

「いえ、その、改まった用事というわけでは。東京に来たついでというか、何というか」

「はあ？」

何の話なのか、歯切れが悪かった。

「何ですか？」

佐竹が重ねて聞くと、富田は、

「その、ミイラなんですが」

「ミイラ？」

「こちらでミイラが見つかったとお聞きしたものですから」

確かにミイラはいるのだが……。

「警視庁の科捜研に知り合いがいまして。担当されているのが佐竹警部補だと、うかがって」

「ああ」

どうやら、科捜研から漏れたらしい。

「で？　何です」

佐竹は冷たい口調で言った。見世物ではない。面白半分に訪ねてこられても迷惑だ。

「実は」

富田が声を落とした。

「千葉でも、ミイラが見つかりまして」

「ええ？」

後ろで、御巫が声をだした。

千葉市美浜区のアパート。男がミイラになって発見された。死んでいたのは小尾貞夫、四十五歳。職業はタクシー運転手だった。小尾は、発見される二日前まで何も変わりなく勤務していたという。

「二日前ですか」

豊洲と同じだ。

「どうぞ」

御巫が椅子を用意した。

「どうも」

千葉県警の富田は椅子に座り、カバンから写真を取りだし、佐竹と御巫に見せた。

「これが発見されたミイラ、というか遺体です」

ジャージ姿のミイラがマッサージ機に横になっていた。ミイラが肩をもんでいる。品の悪いCMのようだった。

「マッサージ機はどこかで拾ってきたようで、本件とは関係ないように思われます。マッサージ機に異常は見あたりませんでした」

佐竹はため息をついた。またミイラだ。

「こちらで見つかったのは」

「えーと、これですけど」

御巫が豊洲のファイルを取りだし、床に倒れていたミイラの写真を富田の前に出した。

「なるほど」

富田は眼鏡を外し、写真に顔を近づけた。

「これも、死後」

「三日前に引っ越し業者と打ち合わせを」

「そうですか。職業は？　もしかしたら、こちらもタクシーの」

「いいえ、タツミバイオという会社の部長だそうです」

御巫が答えた。

「現場は？」

佐竹が富田に聞いた。

「普通のアパートです。ＪＲの駅から歩いて五分ほどの住宅街にある、木造二階建ての古い賃貸アパートです」

「なるほど」

「そちらは？」

「豊洲の高層マンションです。部屋は五十階建ての四十八階」

御巫が現場の住所を指でさしながら言った。

「四十八階。へえ、そりゃすごい。こっちの安アパートとはえらい違いだ。さすが、東京ですな」

佐竹は、「いやいや」と言って、苦笑いした。ミイラになるのにすごいも何もない。

「それで、数日でミイラになった原因は分かりましたか？　こちらはさっぱりで。警視庁の科捜研でしたら、何か原因とか理由とか、可能性だけでも」

佐竹が首を振った。

「今のところは、こちらも何も」

「そうですか……おかしな病気とかは？」

「いや、何も」

科捜研からは何の報告もない。

「しかし、人間が二、三日で本当にミイラになるんですかね」

富田の言葉に、佐竹はもう一度首を振った。

「で、千葉は事件ですか、それとも事故で」

「いや、それは何とも。一応、事故か病気でと考えてはいるのですが、ともかくミイラになった理由が分からないことには、どこをどう調べて良いやらで」

富田はアパートの部屋は鍵がかかっていたことや、人が侵入した形跡がないこと、歯の治療痕とＤＮＡ鑑定から遺体の身元を確認したこと、などを話した。

「亡くなった小尾は、二、三年前からタクシー運転手をやっていたようです。その前は、車の整備工場に警備員、居酒屋、工事現場といろいろ転々としたようですが、特に恨みを買っていたという話は出て来ませんでした。良い評判も聞きませんでしたが勤務態度も、まあ問題ないようで。もちろん、職業柄、客と小さなトラブルはあったでしょうが、同僚に聞いても、殴り合いのような大きなトラブルは聞いていないと」

「こちらは大企業の部長さんで、奥さんとは離婚したばかりのようですが、他には特に何も……」

佐竹も遺体の主が部屋に内側から鍵が掛かっていたことや、部屋に争った跡がないこと、三日前に引っ越し業者を呼んでいたことなどを話した。

「なるほど」

富田は佐竹の説明を丁寧に手帳に書いていた。佐竹の話が一段落したところで、富田が、

「それと、こちらの現場には、何もありませんでしたか？　変わった物とか」と言った。

「変わった物、と言うと？」

「マッサージ機の横にこれが落ちてまして」

富田は写真を取りだして、佐竹に見せた。

「？」

そこに写っていたものは、およそ事件とは関係がなさそうな代物だった。

「植物の葉っぱ、ですか？　植木か何か？」

写真には先が少し尖ったような薄緑色の細長い葉が一枚、写っているだけだった。

「植物の葉なんですが、部屋には植木鉢も何もなくて」

富田が言った。

「外から入ってきたんじゃないですか。体に付いていたり、風が運んできたりとか」

御巫が言った。

「まあ、そうでしょうけど。鑑識の田中が言うには、そいつは植木や花が好きな男なんですがね、見たことがない植物だっていうんですよ。葉の形がどうとか、葉の裏の葉脈と気孔が何とかかかん

とか言ってましたが、なにしろ珍しい植物らしいと」

「へえ」

佐竹はもう一度、写真を見つめた。佐竹にはどこにでもありそうな植物に思えた。

「これが、ミイラと何か関係が？」

「いや、多分、関係ないと思いますが、何となく気になりまして」

「植物ねえ」

ミイラがあった部屋に何か植物があったかどうか、全く思い出せなかった。覚えているのはミイラだけだ。もし、この葉が落ちていたとしても、誰も気にしなかっただろう。

「何か分かりましたら」

富田が手帳を閉じた。

「ええ、お知らせします」

「あの……それから、私が、ここに来たっていうのは、あまり、その……このミイラの件は、上は面倒だから病気で済まそうとしているんですよ。余計な事はしなくていいと。亡くなった小尾という男は、独り身で親戚との付き合いもほとんどないらしく、誰も遺体の引き取りに来ない状態ですから」

「そうですか」

まあ分からないでもない、と佐竹は思った。本音を言えば、この件は自分も病気で終わりにしたいのだ。何しろミイラだ。気味が悪くていけない。

「それじゃ、どうも、おじゃましました」

富田が頭を下げた。

「何か分かったら、すぐお知らせしますから」

佐竹が言った。

「小尾と……」

富田が手帳をもう一度、開いた。

「高橋……二人の間に何か繋がりがあるかどうか、こちらも調べてみます」

富田は、もう一度お辞儀をした。

「あの……」

御巫が富田に声をかけた。

「葉の写真、いただいてもいいですか」

「あ、ああ。いいですよ。どうぞ」

富田が御巫に葉の写真を渡した。

「お前、そんなものもらって」と佐竹は言いかけて、止めた。御巫にしては珍しく真剣な表情で写真を見つめていた。ただの思いつきで言ったわけではなさそうだった。

富田が部屋を出て行った。

またミイラか……。

佐竹は椅子の背にもたれて、一つ息を吐いた。一件でも薄気味悪いのに二件に増えた。豊洲と千葉。関連があるのか、ないのか。どうする。調べるか、様子を見るか……。捜査に命をかけるような柄じゃない。深追いして、自分がミイラになったらシャレにもならない。

佐竹は御巫を見た。御巫は富田から受け取った写真を真剣な表情で見つめていた。

2

平日の夕方。子どもの声が聞こえていた。幼稚園帰りなのだろう、母親たちが近くの公園で子どもたちを遊ばせていた。

亮子はマンションのドアの前に立ち、暗証番号を入れた。乾いた音がして鍵が開いた。

亮子は一瞬躊躇するような仕草をみせた。そして、思いを定めるように一度深呼吸し、ドアノブを回した。

姉の住んでいたマンションだった。姉が亡くなりマンションは亮子に遺されてしまった。姉のマンションに入るのは、二ヵ月振りだった。来月、復職する。仕事が始まると忙しくなる。学校に戻る前に姉の部屋を少しでも整理しよう。いつまでも逃げていても仕方がない。いつかはやらなくてはならない。一つ一つ、できることをして、一歩一歩、前に進んでいこう、亮子はそう思い姉のマンションに来ていた。

姉の部屋は、自分のアパートよりだいぶ広かった。誰も住んでいないのに、管理費も光熱費も払い続けていた。処分するか越してきて住むか、どちらかに決めた方が良い。そんなことはよく分かっていた。

姉を思い出す部屋で暮らしていく自信はない。と言って、売り払ってしまうのはもっとできそうになかった。

小野に話したように、姉の部屋は何も手がついていなかった。姉が消えたあの日のままだ。

亮子は靴を脱ぎ、部屋に入った。

廊下を歩いて行くと、今でも、

「あら、亮子、いらっしゃい」と姉が顔を出しそうな気がした。

「今日はどうしたの？　また学校で何かあったの？」

職場で嫌なことがあると、ここに来て愚痴を聞いてもらっていた。

「駿。おねえちゃん、今日、泊まっていくって」

「わあい」

駿君は歓声を上げて飛びついてきた。

思い出が蘇り、ジワリと涙がこみ上げてくる。

台所の流しには、ケチャップなのか、赤黒い染みのついた皿が残っていた。

亮子は冷蔵庫を開けて中を見た。時間が止まっていた。使いかけのソースやマヨネーズ、ジャムにバター。冷凍庫にはスパゲティに焼きそば、グラタン、鶏の唐揚げなどが残っていた。

「ごめんね、何もないのよ。冷凍食品でいい。それともどこかで外食でもする」

姉はよく冷凍庫を開けて言っていた。

亮子は、姉の死後一度だけ部屋に入っていた。一度目は、十分もいられずに部屋を出た。冷蔵庫に残っていた生ものだけは処分した。飲みかけの牛乳と食べかけのパックのサラダだった。おかしなものだ。部屋に入って亮子が考えたのが、生ものを捨てることだった。普通なら、他にもっと重要なことが思い浮かぶのだろうが、その時は、ただ生ものを捨てることしか考えつかなかった。

ダイニングテーブルにはうっすらと埃が浮かんでいて、指でなぞると白く線が浮かび上がった。居間にある鉢植えの観葉植物は枯れていた。壁に飾られていたエアープランツだけ、葉が緑を保っていた。

クローゼットには、姉の服と子どもの小さな服が掛かっていた。

何を見ても、思わず涙ぐんでしまう。

亮子は小さくため息をついた。校庭で駆け寄ってきた子どもたちの笑顔を思い浮かべ、気持ちを奮い立たせた。ともかく前に進もう。あの子達のもとに帰ると決めたのだから。

書斎の机の上には、亡くなった姉の夫と子どもの写真が置かれていた。

亮子は机の引き出しを開けた。

「もし、私に何かあったら」と姉に言われたことがある。その時は、

「縁起でもないから」と言って話を打ち切ろうとしたのだが、姉はなぜか真剣な表情で、「二人だけなんだから」と預金通帳や印鑑の場所を話した。

思えばあの頃から、姉は自分の死を予感していたのかもしれない。

「お返しに、今度、私の通帳の場所も教えるね」と亮子も言った。

「でも、貯金はほとんどないけどね」と言うと、姉は笑った。思い返してみると、少し寂しそうな笑顔だった。

預金通帳は引き出しの奥に入っていた。これも、いつか銀行に行って手続きしなくてはならない。

他にも、姉はインターネットで使っている銀行のパスワードやメールアドレスを伝え、「忘れたら、私の日記のあなたの誕生日の日付の所に書いてあるから」と言っていたのだが、亮子は「そんなのいいから」と真剣に聞いていなかった。

中段の引き出しに、その日記が入っていた。亮子は手に取ったが、まだ中を開けて読むのは辛いように思えた。

一番下の引き出しには、仕事で使っていたファイルやノートが揃えられていた。

何だろう？　何かが引っかかった。

亮子は顔を上げ、改めて部屋の中を見回した。本棚と机と椅子。飾り気のない部屋だ。はっきり何がとは言えないのだが、モヤモヤとした違和感があった。

姉はおかしな事に対して神経質で、ノートやファイルを整理するときには上下や裏表を必ず揃えた。

本棚の本は、文庫本は文庫本、単行本は単行本と、本の種類と大きさによって分け、整然と並べられていた。背表紙が上下逆さまになることなどは絶対になかった。

状差しの手紙も、同じ向きで揃えられていた。ゴミにだす新聞紙でさえ、必ず一面を上にして同じ向きに揃えていた。

それなのに、引き出しの中のノートの向きが違っていた。机の上の書類の向きがバラバラだった。

机の上のブックエンドに挟まっているファイルの向きが上下逆さまになっている物があった。

何かおかしい。誰かが手を触れたのだろうか。

ただ、子どもが亡くなってからの姉は、正常とは言えない精神状態だった。身の回りのことに気を遣わなくなり、化粧もせず、髪もボサボサで、何かに取り憑かれたように自分の研究に没頭していた。書類の向きがバラバラなのもそのせいかもしれない、と亮子は思った。

他の部屋を廻ってみたが、他にはこれと言って変わったところは感じられなかった。

きっと、亡くなった駿君のことを思い出すのが辛くて研究にのめり込み、些細なことは気に掛けなくなっていたのだろう、と亮子は自分を納得させた。

ともかく掃除をしよう。亮子は様々な思いを振り切るように、小さく「よし」と言うと、掃除を始めた。

窓を開け放ち、空気の入れ替えをした。およそ二ヵ月間、締め切った部屋は少しカビ臭く、すえたような臭いがしていた。

納戸から掃除機を取りだし、各部屋の床を掃除した。ゴミを捨て、ぞうきんがけをし、埃を払った。

一通り掃除が終わった。空気は入れ換えた。床の綿埃は吸い取った。賞味期限切れの食料品はゴミ袋に入れた。古い雑誌や新聞は紐でくくった。しかし、もちろん残っている物の方が多い。アルバムはどうすればいい。服やアクセサリーは、子どものおもちゃは、どうすればいい……今は、まだ何も浮かんでこない。

仕事の資料やファイル、ノート、日記。そう、日記……。落ち着いたら読んでみよう、と亮子は思い、机の引き出しから姉の日記を取りだし、トートバッグに入れた。

今日は、もう充分だ。自分を褒めたくなるほど頑張った。

亮子は掃除機を片づけた。そしてエプロンを外し、バッグを肩にかけた。

「さようなら、また来るね」

亮子は、誰もいない部屋に向かって言い、靴を履き、ドアを開けた。

「えっ？」

ドアを開け、外に出ようとすると、すぐ目の前に男の顔があった。

男と目があった。亮子は「はっ」と息を飲み、次の瞬間「キャー」と大声で叫んだ。

男は何か言いたそうな顔をしていたが、もう一度、亮子が叫ぶと、男は廊下を走って逃げて行った。

亮子は、その場に座り込んでしまった。震えが止まらず、立ち上がれない。

「どうかしましたか」

男性の声と走ってくる足音が次第に近づいてきて、亮子の前で止まった。

「だ、だいじょうぶですか」

息が荒かった。悲鳴を聞いて、駆けつけてくれたようだった。

白いスニーカーが目の前にあった。大きいスニーカー、ジーンズ。

亮子はしゃがんだまま、目を上にやった。

花柄のエプロン。そして……。

「麻生さん？」

名前を呼ばれた。

「えっ？」

亮子は顔を上げた。

「今日は」

見上げた先にあったのは、「花房」のアルバイト、和泉の驚いた顔だった。

3

佐竹は、床から目をそらした。

豊洲の高層マンション。千葉県警の富田が帰った後、佐竹は御巫と一緒にミイラの現場に来ていた。

富田が見せた写真の「葉」を見つけようとしたわけではない。何か見落としがなかったか、気になると確認しないわけにはいかなくなったのだ。

来てはみたものの、目の前の床にミイラがあったと思うと、やはり良い気持ちはしなかった。もちろん、首つり自殺した死体や、刺殺され血溜まりの中で苦悶の表情を浮かべていた死体がいいわけではないが、ミイラはともかく気味が悪い。

御巫が背を屈めて居間を調べていた。どうやら、御巫は本気であの葉を探しているようだった。佐竹は居間を離れ、風呂場からキッチンに歩いて行った。

風呂場の脱衣カゴにワイシャツとネクタイが入っていた。キッチンの流しには汁の残ったカップ麺が残っている。死んだ高橋は、直前まで普段と変わらない生活をしていたらしい。

部屋にはまだ消毒の臭いが残っていた。国立感染症研究所の検査でも、ウイルスや病原菌は検出されていないが、伝染病の疑いが完全に消えたわけではなかった。検出されない未知の物質の可能性もある。とはいえ、この部屋に入った警察関係者やマンションの管理人も、上の階や下の階の住人にも、特に問題となるような症状は出てはいない。千葉県警の話を聞いても、小尾の職場やアパートの周辺で新たにミイラになった人間はいないようだ。伝染病説は除いていいだろう。

ミイラになって発見された高橋義男は、三ヵ月前に離婚していた。古い言い方をすれば、痴情のもつれ、というのは殺人の理由としては定番なのだが、部屋に女性が訪れていた様子はなかった。

元の妻は愛人がいるように言っていたが、関根という女性に事情聴取したところ、

「ええ〜、高橋部長ですか」とあからさまにバカにしたような口調で、

「だってあの人、デブでハゲなんですよ。それにケチだし」と言った。そして、

「私、もうすぐ結婚しますから」と同棲している男の名前を言った。

病死が一番可能性が高い。病死なら、その理由が何にせよ、佐竹が扱う仕事ではない。

上司から「一応調べろ」とは言われたものの、ミイラになった理由を調べるのは警察ではなく、医者か研究者の仕事だ。

佐竹は、また居間に戻ってきた。どこの部屋にも手がかりになりそうな物はなかった。

御巫の姿がなかった。佐竹は部屋を見回した。どこだ？　まさか帰った？　若い女性の行動は理解不能だ。しかし、さすがに一人で先に帰るわけが……——いた。

ベランダに御巫の姿があった。

景色でも見てるのか、と佐竹は思った。快晴だ、東京湾がよく見えていた。

「おい、終わったら」

帰るかと、佐竹が言いかけた所で、

「あっ」と御巫が声を出した。

「どうした」

佐竹は、ベランダに向かって慌てて走り出し、居間に置かれたガラステーブルで足をしたたかに打った。

「イテェ」

佐竹は、足を引きずりながらベランダに出た。

「どうした？」

「佐竹さん。ほら、これ」

御巫は薄緑色の葉を佐竹に見せた。

「ここにあったんですよ」

御巫はベランダの隅を指さした。

「同じなのか？」

千葉の葉と同じなのか、佐竹には分からなかった。

「ええ、多分」

御巫が手の平に置いた葉を真剣な表情で見つめていた。

どこから来たんだ？　佐竹は部屋の中に目をやった。観葉植物などは置かれていない。

風か。風に吹かれて四十八階まで吹き上げられて来たのか。海の近くは風が強い、少し強い風が吹けば、軽い物なら舞い上がるだろう。

佐竹はベランダから下をのぞいた。さすがに高い、車が豆粒のように見える。地面に向かって、吸い込まれそうになる。佐竹はこのまま落ちていきそうな気がして、すぐに顔を引っ込めた。

御巫の携帯電話が鳴った。

「はい、御巫です。はい、警部補と一緒です。はい。そうですか。分かりました。すぐ、行きます」

御巫が携帯電話を切った。

「何だ？」

「また、ミイラです」

「なに？　また？」

「ええ。今度は、深川です」

「深川、ホントかよ」

急に風が吹き、髪の毛が乱れ、背広の裾がバタバタと音を立てた。

「さむっ」

佐竹は寒気を感じたが、それは風のせいだけではなさそうだった。

4

亮子が「花房」の車に乗っていた。

ワンボックスタイプの軽自動車で、車体には「花房」の大きな文字と色とりどりの花が描かれていて、街を走っていると、誰もが思わず振り向いてしまうほどよく目立っていた。

亮子は助手席に乗っていた。信号待ちで止まると、横断歩道を歩いて行く人たちが、みんな亮子の顔を見ていくように感じられた。亮子ではなく車を見ているのだろうが、亮子は自分が注目されているような気がして、落ち着かなかった。

運転している和泉は慣れてしまったのか、それとも鈍感なのか、そんなことはまったく気にしていない様子だった。

亮子が姉のマンションを出ようとドアを開けたとき、目の前に男がいた。男は、姉の部屋の様子をうかがっていたようだった。

もしかしたら、泥棒が部屋に入ろうとして、暗証番号式の鍵にとまどっていたのかもしれない。

亮子が悲鳴をあげ、和泉が走ってきた。

「花を届けに来ていて、悲鳴が聞こえたので」

下の階から階段を駆け上がってきた、と和泉は言った。

「ここは姉の部屋で」とか、「大きな声を出してしまって」とか何か言ったはずなのだが、亮子は覚えていなかった。

和泉は、まだ震えが治まらない亮子に、

「車で送りますよ」と言った。

「ええ、でも……」

「どうせ、店に戻るところですから」

「それじゃ……」

亮子はうなずいた。

信号が青に変わり車が動き出した。亮子は運転する和泉を見て、息を吐いた。いつものエプロン姿だ。和泉を見ると、少し気分が軽くなるような気がした。

車の後ろには、回収した鉢植えの花や観葉植物が載っていた。定期的に花や観葉植物を交換する家があるらしい。

「男ですけど」

和泉が前を見ながら言った。

「見覚えは？」

「いいえ」

「郵便配達とか、電気の検針とか」

「そんな感じには」

「そうですか、それじゃ不審者かな。警察には連絡しますか？」

「ええ、でも、部屋の前にたまたまいただけかもしれませんし。私の思い違いってことも」

「そう、まあ、あまり気にしない方が良いかもしれませんね」

「ええ、そうですね」

「何か気になることでも」

「いいえ、その」

和泉が亮子に顔を向けた。

和泉は決して美男子ではない。髪はボサボサで無精髭が伸びている。昔の野武士のような風貌だった。時々花を買いに行くだけで、親しく話したこともないのだが、この人なら話をしてもだいじょうぶだろうと安心させる雰囲気が和泉にはあった。

「日本人とは、少し違っていたような」

亮子は、男の顔を思い出しながら言った。

多分、黒人だった。テレビで見るマラソン選手のような、痩身で髪の短い、黒人の男性だった。

「今は、この辺でもいろいろな国の人が住んでいますからね。国際化ですかね。僕もよく言われますよ。外国の方ですかって。どこの国か分からないけど」

和泉は言って、笑った。和泉の笑顔を見て、亮子も頬をゆるめた。

「えーと、こっちですか」

交差点で、和泉は亮子のアパートの方角を指さした。

「あの、お店まで乗せてもらっていいですか、駅前で買い物をしたいので」

「ええ、いいですよ」

和泉は「花房」にハンドルを切った。

和泉と亮子が「花房」に着き車から降りると、英子が二人を見て「あらっ」とビックリしたような顔をした。

「たまたま、配達先で」

和泉が言うと、

「そう、ああびっくりした。そうよね。まさかね」と言って、英子は胸をなで下ろす仕草をした。

「何がまさかです」

「一緒に車から降りてきたから、二人が付き合ってるのかと心配しちゃった」

「付き合ってちゃいけないですか」

和泉が車から花を下ろしながら言った。

「麻生さんと和泉君じゃ、まるで美女と野獣じゃない。ねえ」

英子が言い、亮子はあわてて「いいえ」と手を振った。

「ひどいなそれ。僕だって少しは女性にもてるんですよ」

和泉の言葉に亮子が微笑むと、英子が、

「麻生さん、気をつけた方が良いわよ。こんな顔で真面目そうなふりをしていても、結構手が早いんだから」と言った。

「変なこと言わないで下さいよ」

「あら、先週綺麗な女の人が来たら、家までついて行ったじゃない。ちゃんと知ってるわよ」

「あれは荷物が一杯だから、花を届けてあげたんですよ」

「ね、油断も隙もないんだから」

「ちょっと、やだな。本当ですよ。買い物して、両手一杯の荷物で、あの人大体新婚さんで。その目、二人とも信じてないんだから。あんまりいじめると、僕、辞めちゃいますよ」

和泉が拗ねたような顔をした。亮子がその顔を見て笑うと、英子もホッとしたようにうなずいた。

「和泉君、帰ってきてすぐで悪いけど、もう一軒届けてくれる」

「はい、いいですよ。いじめられてもいじめられても、働きますから」

「お花は奥に用意してあるから」

「はい」

店の奥に向かおうとする和泉に、亮子が、

「あの、どうも、ありがとうございました」

と声を掛けると、和泉は「また」というように手を振った。

5

山口が死んだアパートで現場検証が行われていた。豊洲の高層マンションとは違い、酒と汗のすえた臭いがする部屋だった。

六畳ほどの部屋と台所、それにトイレと小さな風呂が付いていた。

ミイラはベッドの上で寝ていた。狭い部屋は鑑識の人間でごった返していた。

佐竹は台所に逃げていた。千葉も入れれば三件目のミイラだ。近づく気になれない。

「山口広高、五十歳。職業はフリーライター。雑誌に記事を書いていたみたいです」

御巫が手帳を読みながら言った。

「フリーライター？」

「ええ」

御巫は部屋にある机を指さした。机の上には、場違いにも見えるパソコンとプリンターが載っていた。

「仕事はしていたらしいな」

部屋にはテレビに小さな冷蔵庫があるだけ。クローゼットやタンスはなく、ワイシャツや下着、靴下などが部屋の隅に脱ぎ散らかしてあった。

机の周りはお世辞にも整頓されているとは言えなかった。週刊誌やスポーツ新聞、雑誌の切り抜き、コピー用紙、潰れたビールの缶、弁当の屑、コンビニの袋……。数え切れないほどの雑多なゴミが散らかっていた。

二日前のスポーツ新聞が机の上から落ちそうになっていた。競馬欄が開かれ、馬の名前が赤鉛筆で丸く囲まれていた。

「またか」

佐竹は呟いた。また、二日でミイラか。

机の横に、「週間芸能大衆」という雑誌が積まれていた。ゴシップとエロが売りの週刊誌だった。

新聞の切り抜きやコピーした資料のファイルも机の上に乗っていた。

屑籠には、プリンター用紙がクシャクシャに丸めて捨ててあった。失敗した原稿のようだった。

佐竹は机の上のファイルを開いた。資料の一番上に写真が一枚あった。

見るからに暴力団と分かる男と、おどおどした目の優男が二人で写っていた。

佐竹も見覚えがあった。少し前、テレビのワイドショーを賑わしていた、暴力団坂本組の組長と若手の人気俳優の写真だった。

暴力団の逆恨み。いや、暴力団が殺してミイラにするとは、とても思えない。エジプトの暴力団でも、そんな手間のかかることはしないだろう。

殺しか病死か？　多分、と佐竹は思った。高橋の遺体がそうであったように、今度も外傷はみつからないだろう。病死かどうかもはっきりしないに違いない。全く、こんなことなら、刺殺や撲殺の方がすっきりしていていい。

千葉県警の富田が言っていたように、手っ取り早く病死で済ませたくなる。

こんな部屋に住んでいるところを見ると、山口という男もまともな人生は送ってこなかったらしい。このミイラも引き取り手が現れないかもしれない。病死にしたところで文句を言う人間もいないだろう。

ただ、ミイラがこう続くと、事件の線も捨てられそうになかった。

御巫が床に膝をつき、ベッドの回りを調べだした。ベッドにはまだミイラが寝ていた。

御巫はさらに腹ばいになり、ベッドの下にもぐり込んでいった。御巫の足だけが見えていた。

鑑識の人間が、「あれは、何だよ」という目で佐竹を見た。

「まったく」

佐竹は、御巫に注意しようと歩きかけたが、ベッドのミイラが見えて足が動かなかった。

御巫がベッドの下から這い出てきた。髪の毛は蜘蛛の巣だらけになっていた。

佐竹と目があった。

「佐竹さん、ありましたよ」

御巫が右手をあげ、緑色の葉を佐竹に見せた。

佐竹は息を吐いた。嫌になる。何なんだ一体。また、ミイラと奇妙な葉っぱだ。部屋には花や観葉植物といった気の利いたものは、見当たらない。

誰でもいいから捜査を代わってくれないかと、佐竹は本気で考えていた。

6

唐突だが、ここで話は一度、日本からアフリカに飛ぶ。場所はスーダン。アフリカの北東部に位置する国である。国土の面積は日本の五倍、人口は日本の三分の一程度である。

国の北部はサハラ砂漠の西端に位置し、雨が少ない乾燥した砂漠地帯だった。砂漠といっても写真でイメージするような、砂丘が続きラクダに乗った旅人が移動する、砂の砂漠ではない。荒れ果てた大地に岩が転がる岩石砂漠だった。もっとも、地球上では砂漠と呼ばれる地帯の約九十パーセントは岩石砂漠である。サハラ砂漠自体、八十パーセントは砂砂漠ではなく岩石砂漠だった。ともかく、そこでは雨はめったに降らない。植物は育たず、生物は生きていくのが難しい、文字通りの荒れ地だった。

荒れ地をモディとジョー、二人の男が歩いていた。砂埃と汗で二人の体はザラザラになっていた。

モディが立ち止まり、水を一口飲み、息を吐いた。残る水筒の水は心細くなっていた。目的の場所まで、あとどれくらい歩けばいいのか。もしかしたら、だまされたんじゃないか。疑いが次第に強くなる。あの愛想の良さそうなスーダン人は、ただ金が欲しくて、嘘をついたんじゃないのか。水が無くなる前に戻ったほうがいいだろう。倒れたら誰も助けに来てはくれない。

「おい」とモディがジョーに声をかけたとき、急に突風が吹き、砂が二人を包んだ。周りが茶色に染まった。モディは顔を伏せ、目を閉じた。風が通り過ぎ、砂塵が収まってきた。視界がはっきりしてくると、褐色の景色の中にぼやけた緑の染みが見えた。

モディは顔を上げ、荒れ地を見た。確かに緑がある。モディは頭を振った。暑さで頭がおかしくなったか。いや、確かに緑が見える。蜃気楼でもなさそうだ。オアシスだ。間違いない、砂漠の中にオアシスが見えていた。

「あそこだな」

ジョーが舌なめずりをしそうな顔でオアシスを指さした。

「すごいお宝があるのは」

宝と言っても、アラビアンナイトに出てくるような金銀財宝ではない。ジョーにとって「宝」というのは、珍しい植物だった。正確に言うと、植物の遺伝子。彼は植物専門の遺伝子ハンターだった。

珍しい植物は金になる。見た事もない花や果物、乾燥に強い穀物、低温でも栽培できる野菜、特別な成分を持つ植物。毒でも薬でも何でも良い、現代は遺伝子さえ手に入れれば、遺伝子操作で必要な遺伝子を他の植物に組み込むことができる。

古典的な品種改良は時間がかかりすぎるのだ。かつては、寒冷地でも栽培できる米を得ようと思ったら、数十年単位の交配を繰り返さなくてはならなかった。今は、遺伝子さえ分かれば遺伝子組換え技術を使って新しい種をつくることができる。

血圧を下げる米、糖尿病に効くほうれん草。食料でなくても観賞用の花でもいい。どの季節にも咲いて、心を癒す香りを放つバラは魅力的だろう。

ジョーは穀物会社の研究員からフリーの遺伝子ハンターになった。ジョーの言葉を借りれば「一発当てて、南のビーチでシャンパンだ」。

一方、モディはジョーと異なり遺伝子ハンターではなかった。アフリカの食糧問題を調査しているNPOの職員だった。アフリカでは、今も昔も、多分将来も、多くの国が飢餓に苦しんでいる。紛争、干ばつ、人口爆発、焼き畑農業、政府の不正、理由は数限りなくある。

モディは虫の害であるサバクトビバッタの被害を調べるために、アフリカを回っていた。

アフリカでは、毎年のように大量のサバクトビバッタが発生し、農作物に壊滅的な被害を与えている。アフリカにおける飢餓の大きな原因の一つが、バッタによる被害、蝗害だった。

バッタの被害を防ぐ方法は、いまだ確立されていない。近年はそれに加え、バッタを駆除するために使われる防虫剤による土壌汚染が深刻になっていた。

ジョーと知り合ったのは全くの偶然だった。ロンドンからケニアに行く飛行機で隣の席に座った。二人ともインド系のイギリス人で年も近かった。驚くことに卒業した大学まで一緒だった。話が弾み、ビールで乾杯し、しばらくアフリカを一緒に回ることになった。

ロンドンには、底抜けに明るいビキニの似合う赤毛の彼女が待っていると言っていた。悪い男じゃなかった。ただ、金が欲しかっただけだ。珍しい植物が金になるのだ。人が足を踏み入れていない土地と聞くと、遺伝子ハンターはよだれを流しながら入って行きたくなる。

目指しているオアシスは禁断の地だった。よそ者はおろか地元の人間も、選ばれた人間以外は入ってはならない、と部族の長老は言っていた。

「脅しているわけではない。お前たちのためなのだ」

その選ばれた人間も、オアシスの入口に供え物をおいてくるだけなのだと言う。

禁断の地？　誰も踏み込んだことがない？

ジョーの目が輝いた。平凡な表現だが、二日酔いのジョーの濁った目が、「禁断の地」という言葉を聞いたとたん、五歳の子のように輝いた。

さらに、そこには森を守る植物がいると聞けば、ジョーに行かない理由はなかった。

モディは、植物の遺伝子に興味はなかった。興味はバッタの被害だ。オアシスはバッタの被害に遭っていないらしい。バッタが飛び去ったとき、オアシスは緑を保っていたという。バッタはオアシスをよけて飛び去る、と長老が言っていた。オアシスにはバッタが嫌がる何かがあるらしい。モディはそれを調べようと、ジョーと一緒にオアシスに向かっていた。

多分、トリカブトやツキヨタケのように毒を持った植物が繁茂しているのだろう、とモディは推測していた。ウツボカズラやモウセンゴケのような食虫植物が大量に茂っている可能性もある。

植物は思うよりもはるかに危険だ。毒を持つ植物も多い。十分注意しなくてはならない。オーストラリアのギンピーギンピーというイラクサ科の植物は、茎から葉まで細かな毒針を持っていて、わずかに触れただけで神経毒が体中に回ってしまう。とはいえ、危険な植物がいても触れなければ良いだけだ。二人とも植物には詳しかった。植物は虎やライオンのような獣とは違う。向こうから襲ってはこない。こちらが注意して近づかなければだいじょうぶ、なはずだった。

オアシスに近づいていく。心臓の鼓動が早くなった。期待ではなく、不安だった。暗い不安が心の底から頭をもたげてくる。

オアシスの姿がはっきり見えてきた。

「何だ？」

ジョーのつぶやきが聞こえた。

それは、オアシスというより、巨大な緑の塊だった。今まで数多く見てきた他のオアシスとは雰囲気が全く違った。

一般的にオアシスは、地下を流れる水が地上に現れた場所にできる。地下水が泉を作り、泉の周りに草や木が育ち、人や動物が集まってくる。泉とヤシの木がオアシスのイメージだ。砂漠の中の癒しの土地だ。

ところが、二人が向かっている場所には、泉が見えなかった。ヤシの木もない。ただの緑の塊が見えるだけだった。

二人が近づいていくと、ザワザワとオアシス全体が動いたように見えた。

見たことのない植物がオアシスを覆っていた。ツルなのか、ツタか、樹木か、巨大な草か、分からない。

ドアが開くように植物が動いた。オアシスが二人を誘っているように見えた。

モディの足が止まった。自然に体が震えてきた。

ジョーがモディを見た。ジョーも躊躇している様子だった。無邪気さが目から消えていた。

オアシスの入り口が開き、植物が手招きしているように見えた。

ジョーがオアシスを見ていた。唾を飲み込む音が聞こえた。

ジョーが歩き出した。欲が恐怖を押し込める。

「ジョー」

モディがジョーの背中に向かって言った。

「気をつけろよ」

「ああ」

ジョーが片手をあげ、オアシスに入って行った。植物がザワザワと動いたように見えた。

モディも恐る恐る、ジョーの後ろからオアシスに入っていった。

何だここは……。

他のオアシスとは似ても似つかない、巨大な緑のドームだった。植物が茂っているだけだ。池は見えない。ジャングルにでも迷い込んだようだ。

「一体、これは……」

モディは周りを見回して、つぶやいた。見た事がない植物だった。

ツタか？　ツルか？　木なのか、草なのか？

モディが詳しく見ようと植物の葉に手を伸ばしたとき、ジョーの叫び声が聞こえた。

「ギャー」

もう一度。叫び声がオアシスに響いた。

何だ、どうした……。

見ると、ジョーの体にツルが巻きついていた。ジョーがツルを剝がそうともがいていた。奇妙な植物から細いツルが次々と伸び、ジョーに絡みついていった。逃げようともがくが、ツルははずれない。植物がジョーを覆っていく。叫び声が悲鳴に変わり、悲鳴がうめき声に変わっていった。

早く助けないと。頭では分かっていても、モディは恐怖で足が動かなかった。

体から水分が吸われ、顔に皺が増えていく。ジョーが痙攣し、動かなくなった。目から光が消えた。

ミイラだ。モディの目の前でジョーの体が土色のミイラになっていった。

花が咲いた。一つ、二つ、十、二十、百、いや、もっとだ。モディの目の前がピンク色の花でいっぱいになった。

なんだ……。

花の先から、ピンク色の霧が流れ出した。いや、細かい真綿のような物がモディを包んでくる。種か？

モディは、手に降りた綿を見た。小さな綿の中に黒い点が見えた。綿に包まれた種だった。モディは植物に目をやった。植物が自分を見た。見たような気がした。植物だ、目はないはずだ。意思はないはずなのだが、はっきりと植物の意思を感じた。確かに目の前の緑は自分を見ていた。

植物のツルがモディに向かって伸びてきた。逃げないと。捕まるとミイラになってしまう。

逃げろ！

心は叫ぶが、身体が動かない。

ツルが伸びてくる。足に絡みつく。

「ワーッ！」

モディは叫び、なんとかツルから足を引きはがした。

走れ！　逃げろ！　捕まる。モディは駆け出した。

出口は？　どこだ？　ツルが追いかけてくる。植物が動く。ドームが閉じだした。ダメだ。捕まる。

「ワー！」

あっ……。

モディは、自分の叫び声で目を覚ました。

暗い……ここは？

次第に、頭がはっきりしてくる。

そうか、飛行機だ。日本航空ＪＡＬ０４２便。モディはイギリス、ヒースロー空港から日本の羽田に向かうボーイング７７７型機の機内にいた。

所要飛行時間は十四時間〇五分。日本到着時刻は、朝七時四十五分が予定されていた。

モディは腕時計を見た。五時十分前。時計は日本時間に直してある。

日本はまだ夜明け前なのだろう。機内の明かりは落とされていた。

「何か、お持ちしましょうか」

ＣＡ（キャビンアテンダント）が声をかけてきた。

「あっ、いや。そう、それじゃ、水を」

「はい。すぐ、お持ちします」

日本人のＣＡは、疲れていても笑顔を絶やさない。

日本に向かう飛行機の中だ。ここはアフリカではない。あの植物もここにはいない。

モディは大きく息を吐いた。

モディは渡されたコップの水を飲み終えると立ち上がり、通路に出て背伸びをした。

身長一メートル九十センチ、体重百二十キロの身体に、エコノミークラスは狭すぎた。

モディは観光旅行に来たわけではなかった。日本に向かった理由はネットで拾った書き込みだった。

いわゆるとんでもサイトだ。その内容は宇宙人の侵略や政府の陰謀、イルミナティーやレプタリアン（言葉の意味が知りたければ、ネットで調べて欲しい。ここで長々と書くと本の主旨とは異なってしまう）などについて。ともかく、モディは、興味があってそのサイトを見たわけではない。たまたまだった。偶然。指のいたずらだ。

その中で気になった話題は、一日でミイラになった男の話だった。前日、飲み屋で飲んでいた男が翌日、ミイラになって発見されたという記事だった。場所はアジアの東端の国、日本、東京。男性。二体だそうだ。同じ部屋でミイラになったのか、別々か、詳細は書かれていなかった。載っていた写真はにせものだろう。体に麻布が巻かれていた。多分、エジプトのミイラか何かだ。

謎の感染症か、宇宙人の仕業、さらには吸血鬼の復活、様々な戯言が三歳児のおもちゃ箱のように乱雑に放り込まれていた。信じる者はいないだろう。流し見て、五秒もすれば消えてしまうような記事だ。しかし、モディは気になった。彼は、一分でミイラになった男を知っていた。それも、彼の目の前でだ。

北東アフリカと極東の日本。繋がりがあるとは到底思えないが、記事を読んでからミイラのことが頭から離れなかった。

行くしかないか。モディは日本行きのチケットを買った。幸い、日本には四年間留学していた。正確に言うと、大学へはあまり行かず旅行ばかりしていたのだが、ともかく日常会話ぐらいなら言葉もだいじょうぶだろう。

明かりが点き、機内が明るくなった。ＣＡがおしぼりを配りだした。

「八年ぶり……」

モディはつぶやいた。

窓のシェードが上げられ、機内はさらに明るくなった。窓から外を見たが、見えるのはただ空と雲だけだった。日本に到着するまで、まだ二時間ある。陸地が見えるのは、もう少し先だろう。

モディはバッグからタブレットを取りだした。ミイラの記事を確認する。ミイラが見つかったのは東京、豊洲という場所らしい。もちろん、正しければの話だが。とりあえず東京に行ってみよう、とモディは思った。

タブレットの中にミイラがいた。暗い眼窩だけになったミイラの目がモディを見つめていた。

第三章　エアープランツ

1

佐竹は週刊誌を開いていた。週刊芸能大衆。ミイラになった山口の部屋に残されていた週刊誌だった。

出版社に問い合わせると、確かに山口はこの雑誌に記事を書いていた。

卑猥なヌード写真と風俗店の情報。芸能人のスキャンダル。競馬に競輪。暴力団の抗争。保険金殺人事件に政治家の裏情報。エロとギャンブルとスキャンダル。猥雑で騒々しい、低俗なワイドショーといった趣の雑誌だった。

肩の凝らない話題ばかりだ。出張帰りのサラリーマンが缶ビール片手に、するめをかじりながら読むにはピッタリなのかもしれない。

山口が書いた記事のリストが、出版社から送られてきていた。

十二月二十五日号、百二十五ページ。歌手、飯坂美幸の大麻所持。一月十七日号、八十五ページ。遠山組若頭、後藤忠出所。激化する暴力団抗争。

佐竹はリストを確認しながら、記事を拾い読みしていた。

暴力団の抗争と芸能人のスキャンダル、殺人事件、山口は何でも書いていたようだ。だが、どの記事も他の雑誌やテレビのワイドショーからの書き写しのようで、独自の情報や視点といったものは感じられなかった。

もちろん、佐竹は編集者でも記者でもない。記事の善し悪しは分からないのだが、少なくとも「へえ」という目新しさはなかった。山口は自分の足で情報を集めてはいなかったのだろう。

DNA鑑定から、ミイラは確かに山口であることが確認された。

佐竹が予想したように、死因となるような目立った外傷はなかった。

山口は前日の夜、駅前の焼き鳥屋で酔いつぶれていた。焼き鳥屋の主人の証言だ。

「つけが大分残っているんですよ」

何とかできませんかね、という口調で主人は言ったが、残念ながら代わりに払ってくれる奇特な知り合いはいそうにない。

ともかく、証言が正しいとすれば山口は、わずか半日でミイラになったことになる。

理由は何だ。どうやったら半日足らずで人がミイラになる。

ミイラが二件続き、上からも原因をはっきりさせろと指示がきた。

なんで俺がと思っても、住宅ローンが残っていては言えるわけがない。仕方ない。仕事だ。やれるだけやるしかなかった。

目を上げると、御巫が見えた。御巫は、豊洲と深川の現場にあった二枚の葉を食い入るように見比べていた。

見つけた葉をどう扱えばいいのか、佐竹は判断しかねていた。とりあえず保管しておけと御巫に渡しておいた。証拠だとしても、何の証拠になるのだ。まさか、あの葉のせいでミイラになったわけではないだろう。

御巫は少し調べてみます、と佐竹に言った。刑事にしては珍しく、農学部を出ていた。植物の種類についてブツブツ何か言っていたが、佐竹には聞いたことの無い言葉だった。

ページをめくるスピードが遅くなった。飽きた。目は記事を追っているのだが、内容は頭に入ってこない。生あくびがでた。暴力とエロ、ゴシップ。同じような話が次から次へと、名前だけ変えて続いていた。これなら、表紙だけ変えても、誰にもばれないのではないか。

――？

佐竹の手が止まった。リストを確認する。発売は先月、四月十日の日付になっていた。

記事のタイトルは、

『女性研究者、悲劇の飛び降り自殺』

一ページほどの短い記事だった。記事の内容は女性研究者の自殺。

『三月二十五日。前日、東京では桜の開花宣言が出されたのだが、その日は昼から冷たい雨が降り続いていた。夜十一時頃、東応大学バイオ研究所の研究員、麻生圭子は、勤めていた研究所の屋上から中庭に身を投げ自殺をした。

屋上には彼女の靴が、そして研究室の机に遺書が残されており、警察は自殺と判断した』

記事はこの後、夫の不慮の死、一人息子の病死と続き、最近は精神的に不安定な状態にあったことなどが書かれていた。そして最後に、母子家庭に対するサポートの必要性や、女性研究者が置かれている環境の厳しさなどが付け加えられていた。

佐竹はもう一度、リストを確認した。ページは間違いない。リストのミスでなければ、記事は確かに山口が書いたことになる。

不幸な女性研究者の自殺。何も考えなければ、「可哀想に」と読んで、それでお終いになる記事なのだが。

佐竹は首をひねった。何か引っかかる。

山口が書いた他の記事とあまりに内容が違っていた。この雑誌の他の記事とも共通点がない。大体、これは週刊誌に載せるような話なのか？　女性研究者が人生をはかなんで自殺した。可哀想ではあるが雑誌に載せるほどの話ではないだろう。不謹慎な言い方だが、この程度の不幸はどこにでも転がっている。なにしろ、この国では一年に二万人が自殺している。

もちろん、この麻生圭子という女性が非常に有名な科学者だというなら話は別なのだが。

「ミコ」

佐竹は御巫を呼び、記事を見せた。

「お前、知ってるか」

御巫は記事を読み、

「麻生さん……」とつぶやいた。

「知っているのか?」

「ええ、名前だけは。大学にいる友達から聞いて」

「どんな人なんだ?」

「そうですね」

御巫はネットで検索した。

同姓同名が多いらしく、「麻生圭子」と入力すると、ブロガー、エッセイ、モデル、高校の同窓会、歯医者など、数万件のヒットがあった。

「この人、ですね」

御巫が画面を指さした。

「どれだ?」

佐竹がのぞき込んだ。

「論文しかなさそうですけど」

モニターに映し出されているのは、学術論文だった。東応大学、麻生圭子。

『遺伝子組換え技術によるエアープランツの品種改良について』

佐竹は二、三行読んでみたが、専門用語ばかりでさっぱり分からなかった。

他の検索結果を調べていくと、彼女の自殺を悼む女性研究者のブログなどもみつかった。両親はすでになく、夫は暴動で死に、子どもも病死した。そして本人は自殺だ。知れば知るほど、気が重くなる内容だった。

「麻生さんがミイラと関係あるんですか」

御巫が聞いた。

「いや、分からん」

インターネットで調べても、「麻生圭子」が有名な女性とは思えなかった。ただの研究者だ。特別な賞を受賞したわけでもない。学術論文が数本出ているだけだ。

自殺にしても、特に話題になったわけでもなさそうだった。

ならなぜだ。どうしてミイラになった男は、彼女の記事を書いたのか。

佐竹は、記事のリストを送ってきた北村という編集者に電話をかけた。

「はい。北村ですが」

電話の向こうの編集者は、何を聞かれるのかとやや緊張した声をだした。何しろエロとギャンブル、スキャンダルの雑誌だ。詳しく読めば、一つ二つは条例や法律に引っかかってしまう。

佐竹はとりあえずリストの礼を言い、

「一つだけ、ちょっとお伺いしたいことが」

と言って麻生圭子の記事を持ち出した。

「この、四月十日発売号の百二十ページに掲載されている記事ですが」

佐竹は、ページを見ながら言った。

「ちょっと、待って下さいね」

電話の後ろで、「木下、四月十日号を持ってきてくれ」という北村の声が聞こえた。

数秒して、「どうぞ」と返事があった。

「女性研究者の自殺の記事があると思いますが、こちらはどういう経緯で書かれたものですか？」

「自殺……ああ、これですか、女性研究者の」

「ええ」

「えーと、これは」

思い出せないらしく、北村は記事を読んでいるようだった。

「いただいたリストでは、亡くなった山口氏が書かれた記事だと」

「そうですね、そう言われれば、そうだったような」

「普通、記事は出版社の方からライターの人に依頼されるんですか」

「依頼することもあるし、持ち込みのこともありますし、いろいろです」

「山口さんは？」

「あの人には、依頼するケースが多かったと思います」

「この記事は？」

「これは……そう、そう。思い出しました。これは、持ち込みですね」

「持ち込み」

「ええ」

「山口さんが、載せてくれと持ってきた」

「そうです」

佐竹は、「持ち込み」とページの上に赤ペンで書いた。

「素人考えですが、この記事はどうも、そちらの雑誌にはそぐわないというか、合っていないように思えるんですが。どうなんでしょう」

「ええ、まあ、確かにそうですが。短い記事ならページを埋めるために使うこともあるので」

「なるほど、深く考えなかったと」

「そうですね……そうだ、そういえば、これは原稿料はいらないから載せてくれと言われたような気がします」

「そんなことがあるんですか」

「滅多にありませんけど、まあ、あの人とは長い付き合いなので、いろいろと」

「なるほど。それで山口さんは、この自殺した麻生圭子という人と、何か関係があるようなことは言ってませんでしたか」

「麻生圭子？　関係？　さあ、聞いてませんね」

「そうですか、どうも……」

佐竹が電話を切ろうとすると北村が、

「この記事が、彼の死と何か関係があるんですか」と逆に聞いてきた。声に張りが戻っていた。雑誌編集者の本能が何か嗅ぎつけたらしい。

口ぶりから察するに、北村は山口がミイラになったことは知らないようだ。酒の飲み過ぎで、脳出血か心臓マヒで死んだと思っている。しかし、何かあるんじゃないかと匂いを感じたようだ。

何もなければ警察がこんな記事を調べたりしないだろう。

彼がコネのある警察の人間にこの事件のことを尋ね、山口がわずか一晩でミイラになったことを知り、同じような事件が三件起こっていることを突き止めたら、新種のウイルスとか、呪いのミイラとか、好きな事を雑誌に書くだろう。

その後は、上がいくら押さえてもワイドショーで連日話題になり、物知り顔の専門家が出て来て、気の狂ったカルト宗教が人をミイラにするガスを開発したとでも言って、大衆の不安をあおるのだろう。

ミイラの話はどこまで広まっているのか。

一応、箝口令が引かれてはいたが、刑事、鑑識、病院、科捜研と、多くの人間がミイラにかかわっていた。話が広まらない方がおかしかった。

「いや、ちょっと、気になってお聞きしただけです。どうも、ありがとうございました」

佐竹はあっさり言って、電話を切った。

自分から広めることもない。

記事は確かに山口が書いていた。麻生圭子の自殺と山口のミイラが関係があるのか、ないのか、佐竹には見当もつかなかったが、佐竹は手帳を開き、「麻生圭子」と書いて、大きく丸で囲った。

2

「今、お忙しいんでしょ」

「いいえ、それほどでもないんです。異動と言っても、引っ越すわけではないので」

小野が亮子のアパートを訪れていた。異動の報告だった。川崎の中央研究所に配属になったのだという。

「さっそく、準備ですか」

小野はテーブルに積まれた小学四年生の教科書を見て言った。

「机より、こっちの方が広くて落ちつくので」

亮子は広げていた教科書を閉じ、テーブルの隅にかたづけた。

「少しずつ始めないと」

亮子は来月復帰することに決まった。始めから担任業務は大変だろうということで、秋までは補助教員をつけることになっていた。

「一人でもだいじょうぶですから」と亮子は言ったが校長は、

「まあ、無理しなくても」としばらくは補助をつけるよう勧めた。

管理職の立場としては、亮子の精神状態が元に戻ったと確認できるまでは、安全策をとりたいのだろう。

「いいですか」

小野が算数の教科書に手を伸ばした。

「どうぞ」

亮子が手渡した。

小野がパラパラとページをめくった。

大きな数の読み方。角度、面積、三角形、そして分数。

「懐かしいですね」

小野が言い、亮子がうなずいた。

亮子が小野のカップにコーヒーを注いだ。

小野はコーヒーを飲みながら、部屋を見回した。

「模様替えをしました？」

部屋の感じが違っていた。

「ええ、季節に合わせて少しだけ、カーテンとカレンダーと、あと壁に飾っていた絵とか」

「明るくなりましたね」

「そうですか、そう言っていただけると」

「あれは」

小野が壁に飾られた観葉植物を指さした。

「エアープランツですね」

「ええ、姉にもらったもので。いい加減な私でも、これならだいじょうぶだって。水遣りを忘れても枯れることはないからって」

「ああ」

小野は、すまなそうに俯いた。

「気にしないで下さい。もう私、だいじょうぶですから。あまりだいじょうぶじゃない日もありますけど。でも普通に、これも姉の思い出ですって言えるようには、なりましたから」

小野はうなずきながら、コーヒーを一口飲んだ。

「実は今日、お伺いしたのは、おたずねしたい事がありまして」

小野が言った。

「はい、何でしょう」

「こちらに、何か、お姉さんの研究資料がきてないでしょうか」

「資料ですか？」

「ええ、研究データのファイルとか、記録された磁気メディアとか」

「磁気メディア？」

「例えば、こんな感じの」

小野は背広のポケットから、ＵＳＢを取りだして亮子に見せた。

「お送りした、麻生さんの私物の中に紛れ込んでいないかと思いまして」

姉が自殺した後、研究室に残っていた姉の持ち物は、段ボール箱に詰めて亮子に送られてきた。

箱にはコーヒーカップやサンダル、使っていた椅子のクッション、それに白衣や文房具などいろいろな物が雑多に詰め込まれていた。

白衣や文房具など大学の経費で購入されたものは、原則論でいけば大学の所有になるのだろうが、研究所に残しておいても誰も使わないので、一緒に箱に詰められて送られてきていた。

研究データは、研究所に残されているはずだった。もっとも、研究は研究所でというよりも個人で行っているケースが多いので、他人のデータを誰かが後で利用することはあまりない。研究者の多くは他人の研究には興味がないものだ。もちろん、ノーベル賞級のすごい研究とでもなれば別なのだろうが。

研究の過程を書き留めたノートなどは、本来は研究所で管理されるべき物なのだろうが、企業の研究開発と違って大学の研究所ではそれほど厳密に扱われることもなかった。

「今度会社に帰りますので、大学で麻生さんと共同で行っていた研究をまとめようとデータの整理をしていたんですが、実験結果の一部が見当たらないので、もしかしたら麻生さんのファイルの中に紛れ込んでいるのかもしれないと思いまして」

「はあ」

亮子が無意識に壁の時計を見た。

姉のノートやファイルなどは、段ボール箱の中でそのままになっている。と言うよりも、送られてきた品物は一度開けて見た程度で、ほとんど整理をしていなかった。

箱の数は四つ。今から調べるとなると、どれほどかかるか分からない。

「見てみますけど……」

ノートやファイルもあったような気もするが、開いてもいないし、まして内容など分かるはずがなかった。

「今すぐじゃなくて結構ですから。それほど急ぎませんし、私の方も、もう一度探してみます。もしこちらにも何かあればと思って、お聞きしただけですから」

「すいません」

「そんな、こちらこそ。あっ、それから、論文には麻生さんのお名前も一緒に載せたいのですが、よろしいでしょうか」

「ええ、どうぞ。姉も喜ぶと思います」

「ありがとうございます」

小野は、ホッとしたようにコーヒーを飲んだ。

「あの……」

亮子が言った。

「何ですか」

「姉は、どんな研究をしていたんでしょう？　考えてみると私、姉が何を研究していたのか全く知らなかったなって」

「麻生さんの研究ですか」

小野は腕組みをし、真面目な顔で考えだした。

「いえ、ご存じならと思って、お聞きしただけですから」

「まあ、ひと言でいうと、乾燥に強い穀物の研究なんですが……」

小野は重い口調で答えた。

「実は、私どもの会社と共同研究という形で行っていた研究もありまして、特許の関係などで細かな所は話しづらいことも……」

「すいません。そんなつもりじゃ。私にはどうせ、専門的なことは分かりませんから。ただ、亡くなる前はすごく熱心に研究していたので、どんな研究だったのかと……」

「麻生さんを疑ってという意味じゃないんです。会社と言うところはいろいろありまして」

「ええ、わかります。すいませんでした」

「いいえ。でも、麻生さんがやられていた研究は、社会的にも非常に意義があるものでした。現在、アフリカでもアジアでも耕地の砂漠化が進んでいて、砂漠化を防ぎながら食糧の増産ができる穀物の開発が世界中で行われています。麻生さんは、その基礎研究をされてました」

「そうですか。姉が立派な研究をしていたと知って、何だかホッとしました」

「本当にもったいない人をなくしてしまったと今でも思います」

「ありがとうございます。私、何も知らずに姉にはいつも、もっと駿君と一緒にいてあげたらとか、仕事よりも大事なことがあるでしょとか、姉を責めてばかりだったような気がして」

「そんなことはないでしょう。麻生さんとはあまり親しく話すことはなかったですけど、私にも、仕事だけが人生じゃないから、早く結婚したほうがいいわよなんて言ってくれて」

「えっ、小野さんて、独身なんですか？」

亮子は、びっくりしたように言った。

「え、ええ。まだ。なにしろ、女性にもてないないものですから」

「そんな、小野さんは優しそうで、有名な会社に勤めていらっしゃるし、お相手はいくらでも」

「いやあ」

亮子の言葉に小野は頭をかいた。理系の研究職の男性は奥手な人が多いと聞く。小野も高校、大学とほとんど女性がいない環境で過ごしてきたのかもしれない、と亮子は思った。バイオ系は女性が多いようだが、それでも内気な人は女性に声を掛けづらいのだろう。

亮子の職場、小学校は逆に男性が少ない。校長や教頭といった管理職にも女性が進出し、男性に気後れすることもない。男性、女性だと言って、いちいち意識していては仕事にならない。

「長い時間おじゃましました」

小野が立ち上がった。

「すいませんが、ファイルの件、よろしくお願いします」

小野が頭を下げた。

「わかりました」

亮子は答えたが、段ボール箱を全て開けて調べるのかと思うと、少し気が重かった。

帰り際、玄関で、

「今度、よろしかったら、一度食事でも」

と小野が言った。

「えっ」

亮子は、驚いた顔で小野を見た。

ああ、そうか。もしかして……。亮子は、自分の鈍さに呆れた。

小野も一人の独身の男性だった。亮子は純粋に、小野は姉の私物を届けにきてくれているものと思っていたが、自分に会うのも——会うのが、かもしれないが——大きな目的だったのではと気づいた。

どうしよう。亮子は考えた。何て答えれば良いだろう。小野は優しそうな人だ。話していても落ち着いていて気取ったところがない。少々物足らないところもあるが、いい人には違いない。

それでも考えてみると、知り合ってからまだそれほど日が経っていない。多分、初めて会ったのは、姉のお葬式の日だ。

「麻生さんと一緒に研究をしていた小野です」と挨拶されたような気がする。

その後、何度か姉の私物を届けに来てくれて、次第に親しくなった。

しかし、数回話しはしたが、名前と会社以外はほとんど知らないのだ。

「は、はい」ととりあえず、亮子は答えた。小野の真剣な表情を見て、「いいえ」とは言えなかった。

亮子の答えを聞いて、小野は嬉しそうに微笑んだ。

「それじゃ、今週の週末はいかがですか」

今週の週末。亮子はちょっと考え、

た。

「すいません、今週は用事が入っていて」

と断った。嘘ではない。大学時代の友だちが、亮子の職場復帰を祝ってくれることになってい
「分かりました。それじゃ、その後で」

「はい」

「また、連絡します」

小野は手を振り、軽い足取りで帰っていった。

どうしよう。亮子は一人になると、小野に食事を誘われたことを嬉しいよりも面倒に感じてい
る自分に気づいた。

もうすぐ学校に戻る、きっとしばらくは恋をしている余裕はない。

まずは学校のことが第一だ。授業の準備にテストの採点、父母の相談、運動会や遠足など、仕
事はさばき切れないほど次々とやってくる。

小野は確かに良い人かもしれないが、自分が求めている人とは違っている気がした。

それでは、自分が必要としている人とは誰なのだろう。

唐突に、和泉のエプロン姿が浮かんだ。無精髭でゾウのじょうろを持ち、バケツを蹴り飛ばし
て、英子に怒られている和泉の姿だ。

ええ？　まさか？

亮子は自分でも自分がおかしくなった。あの人は違う。だいたい、話をしたのも昨日の車の中

が初めてだった。いかつくて、がさつで、知的そうじゃない。私のタイプじゃない。しかし、和泉の照れたような笑顔が浮かび、惹かれている自分に気が付いて、心臓の鼓動が少し早くなった。

小野が歩いていた。亮子と別れた時にはにこやかな表情をしていたのだが、アパートから離れるとすぐに不機嫌な顔になった。

小野は携帯電話を取りだし、電話を掛けた。

「あっ、私です。ええ、聞いてみましたが、心あたりはないそうです。ええ、もう一度ですか……ええ……まあ、分かりますけど」

小野の声が次第に沈んでいった。

電話の向こうの男が一方的に話し出し、小野は携帯電話を耳に当て押し黙った。

「それは、ちょっと」

小野が声を潜めて言った。誰かに聞かれるとマズイといった雰囲気だった。

「あそこは、誰も住んでいないので入れましたけど。妹のアパートには、夜、忍び込むわけには、ええ、分かってますよ。そんなことは、言われなくても」

声が大きくなり、すれ違った女性が不審な目で小野を見て行った。

「何とか調べてみます。そちらも、研究所に何か残ってないか調べて下さいよ。丸山さんは何て言ってるんですか？　何も、分からないって？　ええ、分かりました。それじゃ、また、何か、

「分かったら連絡します」

小野は携帯電話を閉じ、大きく、ため息をついた。

3

御巫の膝に猫が乗っていた。猫は御巫に撫でられて、ゴロゴロと気持ち良さそうに喉を鳴らしていた。

部屋はすっかり猫仕様に変わっていた。小さなキッチンの隅に餌皿と水の皿が置かれ、洗面所の横には、ピンク色の猫のトイレがあった。

猫は以前、誰かに飼われていたらしく、すぐに御巫に慣れた。昼間、一匹でアパートに居てもおとなしくしているようだ。トイレも問題ない。大きな声もださない。良い猫だった。

御巫は机に向かい、あの「葉」を調べていた。豊洲のベランダと深川のベッドの下にあった二葉だ。何度もひっくり返し表と裏をじっくり見てみたが、同じ種類の葉のようだった。

ネットで調べてみたが、同じ形の葉を見つけることはできなかった。千葉県警の人が言ったように、確かに珍しい植物のようだ。

「エアープランツ、かな……」

御巫は、手の平に「葉」を載せてつぶやいた。エアープランツが一番近いように思えた。しかし、通常のエアープランツにしては葉が厚く、形も少し違うような気がした。ツタの一種だろうか、サボテンの一種ということもあるかもしれない。観賞用の植物は、飾って見栄えがいいように頻繁に品種改良がされているから、まだネットには載っていない新種なのかもしれない。

御巫は、パソコンから目を離した。これ以上自分で調べても、見つけられそうになかった。

御巫は、農学部を卒業していたが観葉植物には詳しくなかった。専攻は都市部における野菜栽培。キュウリとトマトだった。

そもそも、この葉はミイラと何か関係があるのだろうか。

豊洲と深川、どちらも死因は心不全になっていた。打撲や刺し傷といった目立った外傷はなく、薬物の反応もなし。脳出血の痕跡もない。ミイラになった理由は不明。ウイルスや病原菌の痕跡もなかった。

解剖所見からは、病死でいいんじゃないかという思惑が見て取れた。急性心不全で亡くなり、何らかの影響でミイラ化した。しかし、そんな結論は、医者も鑑識も科捜研の人間も誰も信じていないはずだ。

ミイラが増えていた。豊洲、深川、千葉、三件になっている。そして、どの現場にも同じ葉が落ちていた。偶然として片付けるのは難しそうだ。

誰か植物に詳しい人にでも見てもらおうか、と御巫は考えた。せめて、この葉の名前だけでも分かればスッキリする。最近、品種改良で作った観葉植物で、花屋でよく見るよ、とか言ってもらえれば気持ちが落ち着く。

そう言えば、朋ちゃんが……。

植物に詳しい人。考えていると、吉岡朋子の顔が浮かんだ。高校時代の親友だった。朋子も御巫と同じように農学部に進学していた。

去年、会ったときに朋子が、研究所にすごく面白い人がいると話していた。

「ホント、変わった人なのよ」

変わっているが、日本で一番植物に詳しい人らしい。名前は、何て言ったろう。ウサミ？　イサム？　イズミ？　覚えていない。

吉岡朋子は、研究者を目指して大学院に進学していた。大学はどこだっけ？

「東応大学……バイオ研究所……」

御巫はつぶやいた。どこかで、聞いた気がする。

「あっ……」

週間誌の記事に出ていた研究所だった。麻生圭子が自殺した場所だ。

麻生圭子と山口、バイオ研究所、エアープランツ、葉、そして、ミイラ。偶然か、それとも何か繋がりがあるのか。

とりあえず、明日、朋子を訪ねてみようと、御巫は思った。その変わった人にこの葉を見せて、名前を教えてもらおう。

「ミャー」

猫が鳴いた。

「お腹空いたの？」

御巫が言うと、猫は、もう一度、甘えるように鳴いた。

机の時計を見ると、十二時を回っていた。

御巫は、あくびをした。眠たくなった。猫に餌をやって、もう寝よう。

二枚の葉を透明な袋に入れようとしたとき、一瞬、葉が動いたように見えた。

なに？　気のせい？　待って、確か、この葉は……。

ミイラになった日からベランダにあったとすれば、もう一週間経っている。それなのに、葉はまだみずみずしさを保っている。いや、保っているどころか、さらに元気になっているようにさえ見える。

御巫は不安を感じた。一体、この葉は何なのだろう。

猫も御巫の心を感じたのか、御巫の膝の上で体を硬くしていた。

4

モディは道に迷っていた。東京都板橋区成増。埼玉県との境だった。

「この辺りのはずだが……」

モディは、家の表札をのぞくように見ながら歩いていた。

深夜になっていた。このままだと野宿になりそうだった。

寄り道をし過ぎたか……。モディは後悔していた。

羽田空港からバスで新宿まで出た。出国手続きに手間取り、新宿に着いた時には昼を過ぎていた。

腹が減っていた。到着前に出された朝食は、とっくに消化されていた。

どこかで何か食おう。何がいい？　浮かんだのはカツカレーだった。「定食屋おかめ」のカレー。日本に居たときによく通った、年配の夫婦、無口で痩せた料理番の主人と小太りでおしゃべりな女将さん、二人で回している小さな店だった。

メニューはほとんど揚げ物。コロッケ、メンチ、トンカツ、海老フライ、それにカレー。若いサラリーマンと学生向けの懐に優しい店だった。

モディが注文するのは、いつもカツカレーだった。大盛り無料。

場所は南池袋、店は変わっていなかった。モディが入っていくと、女将さんがモディの顔を見るなり、「あら、久しぶり」と笑顔を見せた。

「帰ってきたの？」

「ええ、まあ」

「カツカレー」

「はい」

「大盛りよね」

あっと言う間に時が戻ってきた。八年前が昨日のような気がしてきた。

それにしても、日本というのは不思議な国だ。

モディはインド系イギリス人だった。国籍はイギリスだが、外見は全くインド人だった。肌は浅黒く瞳は黒い。唇は厚く、眉毛が太い。加えて、百九十センチで百二十キロの体だった。ロンドンでは差別も珍しくなかった。高級ホテルやレストランに入れば、「なに？　あの男」という視線が向けられた。自分の思い過ごしかも知れないが、イギリスでは落ち着いた気分になれなかったのは確かだった。

それが、この国ではリラックスできる。もちろん奇異の目が向けられることはあるが、敵意や差別を感じることはなかった。

四年住んだが、特別嫌な思い出はない。少々よそよそしいが、ここは差別のない国だ。

「はい。お待ちどうさま」

目の前に特大大盛りのカツカレーが置かれ、モディは食欲だけのロボットになった。

大皿からカレーが消え、水を口に含むと、ようやく緊張がほぐれていくのを感じた。

さて、どうする？　ホテルは予約していなかった。日本は安全だが、野宿というのもわびしすぎる。スマホで調べて格安ホテルを探すか、それとも。

おかしな話だが、モディはようやく、計画もなく発作的に日本に来たことに気づいた。

一週間程度の観光旅行なら安いホテルを探せばいいのだろうが、ミイラを調べるとなると一週間ではすまなさそうだ。一ヵ月、二ヵ月となれば、それなりの費用もかさむ。何より、ミイラの情報をどこから得たらいいのだろう。

黒縁眼鏡をかけた白髪の老人の顔が浮かんだ。小畑良治。教会の牧師だった。今も健在なら、年は八十近いはずだった。

小畑は独りで小さな教会に住んでいた。

モディはよく教会に行き、小畑と夕飯を食べた。日本に居たときはいつも金がなかった。食事目当てに知り合いの家に行くこともあったが、数回行くと嫌な顔をされた。いつも喜んで迎えてくれたのは、小畑だけだった。

モディは定食屋を出ると、昔の記憶を頼りに鉄道を乗り継ぎ、小畑の家に向かった。

夕方には着くはずだったのだが、物珍しさに池袋を歩き回り、乗り換え駅を間違え、腹が減って牛丼屋に入り、としているうちに、目的の駅に着いた頃には夜も大分廻っていた。さらに、駅を降りしばらく歩いた所で道が分からなくなった。

畑だったところが新しく住宅地に変わっていた。道も変わり、目印にしていた古い酒屋も無くなっている。

迷いながらも何とか新しい住宅街を抜けると、ようやく見覚えのある家並が見えた。

このあたりのはずだが……。

モディは地番を確かめるように、家の表札を見ながら歩いて行った。急に犬が大声で吠え、モディは慌てて家から離れた。

「こら。何をしてる」

背中から声がした。振り返ると、警官がモディに近づいてきていた。

巨体に無精髭、古着のようなジーンズにトレーナー。汗臭い。ロンドンを発ってからシャワーを浴びていなかった。背中には黒いリュックを背負っている。どう見ても怪しい外国人だった。

「お、おとなしくしろ」

警官は警棒を出し、モディを威嚇した。

「わ、私、チャーチ、道、ロスト、○×◎△×」

日本語と英語が混じり合い、何語か分からない。犬がさらに大声で吠え、若い警官も声を荒らげた。

何事かと、周りの家々の電気が点いた。

「暴れるな。逮捕するぞ」

警官は手錠を出し、モディに掛けようとした。

「ドロボウ、ナイ!」

モディは大声で言った。

「おとなしくしろ!」

警官がモディを押さえようとした。モディが振り払おうとして腕を振ると、手が警官の顔に当たった。

「貴様!」

警官が怒鳴った。モディの胸倉を摑み警棒を振り上げたところで、一人の老人が二人に近づいてきた。

「何だ、モディじゃないか」

男はモディを見て言った。

モディは声を聞き、動きを止めた。

「牧師さん」

「何をしてるんだ。こんな時間に」

モディが探していた、牧師の小畑だった。

「知り合いですか？」

汗だくの警官が小畑に聞いた。

「ええ、まあ。よく知ってますよ」

小畑の口調は拍子抜けするような穏やかさだった。

「そうですか」

警官はホッとしたように言い、警棒を下ろした。

「良かった」

モディは、大きく息を吐いた。

5

朝の通勤、通学の時間帯は過ぎていた。東応大学、バイオ研究所の守衛は本当に刑事なのかという顔で、佐竹と御巫の後ろ姿を見送っていた。

研究所はＪＲ京葉線の潮見駅と新木場駅の中間にあった。どちらの駅から歩いても十五分ほどかかり、研究所に着いた時には額にうっすら汗が浮かんでいた。

バイオ研究所という名前から、近未来的なデザインの建物を想像していたのだが来てみると、実物はコンクリートの壁にツタが這い、ところどころヒビ割れも見える、相当年代物の建物だった。

五年前、東応大学は東応農業大学から名称を変更していた。学生数の減少に対応するため、農業大学から総合大学への脱皮を図ったのだ。

その際、研究所の名前も農業研究所からバイオ研究所に変えていた。名前は変えたのだが、施設や建物はそのままだった。

研究内容は年々変化していた。以前は米や野菜の品種改良が主だったのだが、今は遺伝子解析や遺伝子組換え技術の研究が盛んになっていた。

かつての農業研究所らしく、敷地の中には水田や畑、ビニールハウスを見ることができた。水田には稲穂が育ち、畑にはキュウリやトマトが植えられていた。

研究所にはさらに小さな植物園もあり、時折、地元の小学生などが社会見学に訪れていた。

御巫は構内地図で遺伝子研究棟の場所を確認し、朋子を訪ねに行った。

御巫が会いに行っている間、佐竹は建物の周りを見て回っていた。佐竹の目的は葉の名前ではなかった。麻生圭子の自殺現場だった。

研究所は、中庭をコの字に囲むように、建物が配置されていた。麻生圭子は、屋上から飛び降り自殺していた。佐竹は中庭に出て、建物の屋上を見上げた。建物は十階建てぐらいか。あの上から落ちれば即死だろう。時間は夜中だったらしい。夜、屋上から闇に向かって飛び降りる。佐竹は想像して、体が震えてきた。

「佐竹さん」

御巫の声が聞こえた。朋子と一緒だった。

「いないみたいです」

御巫が、がっかりした様子で言った。日本で一番植物に詳しい人というのは和泉だったのだが、研究室に和泉の姿はなかった。

「日本にはいるらしいって」

「日本？　何だそれ？」

「先月、アフリカから帰ってきて、一度、研究室に顔を見せたらしいんです。その後はまた来なくなって、でも多分、まだその辺にいるんじゃないかって」

「へえ」

「変わった人なんです。和泉さんて」

朋子がすまなそうな顔をした。

「朋ちゃんのせいじゃないから」

御巫が朋子の肩に手を置いた。

「その葉っぱ、他の人じゃ分からないのか」

佐竹が言った。

「ちょっと見てもらいましたけど、誰も分からないそうです」

御巫が、透明な袋に入れた「葉」を見ながら言った。

「来る前に確認すればよかったですね」

「まあ、いいさ。一度、ここを見たかったから……」

佐竹が独り言のように言い、御巫は、「えっ」という顔をした。

「なあ、君は麻生圭子って人、知ってるかな？」

佐竹が朋子に聞いた。

「麻生さんですか？」

「二ヵ月前、この研究所で自殺したらしいんだけど」

「え、ええ……」

朋子は、言いにくそうに言葉を濁した。

「少しでいいから、麻生さんのこと聞かせてもらえないかな」

「はあ」

朋子は、何を聞かれるのか緊張した様子で答えた。

「麻生さんて、どんな人だったの。特に親しかった人とか」

「そうですね……親しい人は、あまり。でも、暗いとかじゃなくて、さっぱりとした良い方でした。学生にも優しくて、分からないことがあると、何でも教えてくれて。でも、ご主人を亡くされて、一人でお子さんを育てていて、みんなで飲みに行くようなことはありませんでした」

「悩んでいたとかは？」

「さあ、どうでしょう」

「どんな研究をしていたのかな？」

「研究ですか。乾燥に強い植物の研究をしているって、一度聞いたことがあるような気がしますけど、詳しいことはちょっと」

「誰か、詳しい人はいるのかな？」

「さあ、片山先生なら」

「片山先生？」

「研究室の教授です」

「ああ、なるほど」

「あの、これって、何かの事件なんですか」

朋子が不安そうに聞いた。

「いや、別に、そういうことでは」

佐竹は言葉を濁した。もちろん、麻生圭子とミイラが結びつく確証などない。彼女の死は、もう自殺で済んでいる。蒸し返しているのを所轄の警察署が知ったら、気を悪くするだろう。逆の立場なら、自分でも良い気はしない。

「研究室では、麻生さんのことは、何となくタブーなんです。自殺の後、しばらくはいろいろ聞かれて大変でしたし、二ヵ月たって、ようやく落ち着いてきたところなので」

「それは申し訳ない」

佐竹が頭を下げた。

「あっ、いえ、そんな。私は学生ですから、まだ良いんですけど。スタッフの人達は」

「スタッフ？」

「研究室の教授や准教授、それから助手の先生方です」

御巫が補足した。

「研究室で自殺なんてあると、監督能力が足りないとか非難されたみたいで、片山先生は研究所の所長に立候補するのを止めたり、学会での発表を控えたりとか」

「なるほど。分かりました」

佐竹が手帳を閉じた。もし何かあるのなら、その教授から直接話を聞く必要がある。ただ、その時には管轄の警察署に断りを入れないとまずいだろう。

「どうもありがとう」

佐竹が頭を下げ話を終えようとすると、朋子は言うべきかどうか迷ったようなそぶりをした。

「何か？」

佐竹が聞いた。

「あの……麻生さんて、自殺じゃないんですか？」

「えっ？」

「いえ、あの、誰にも言わないで下さいね。麻生さん、夏にはアフリカに行くって言ってたんです。それなのに自殺するなんてと思って」

「アフリカへ」

「ええ。何だか、もう決まっているような口ぶりだったから」

「理由は言ってましたか」

「私には全く。でも先生には言ってたのかも」

「その教授の先生？」

「ええ」

男性が一人、佐竹と朋子を横目で見ながら研究棟に入って行った。片山の研究室の准教授、川合行雄だった。

「あの……今の話、私から聞いたって言わないで下さい。私、今、先生に論文を見てもらっているところなので、先生の機嫌が悪くなると、いろいろ面倒なんです」

「分かりました。ご迷惑はおかけしませんから」

佐竹が言った。

心配そうな朋子に、御巫が、

「ごめんね。ありがとう。だいじょうぶだから心配しないで」と付け加えた。

朋子が研究室に戻って行き、佐竹は小さくため息をついた。

さて、どうする……。

研究所、ミイラ、麻生圭子の死。関係があるのかないのか。調べを続けるか止めるか。麻生圭子の件は自殺で済んでいた。調べ直すとなると、それなりの仁義を通さないといけない。

和泉が不在で、御巫はがっかりした様子で佐竹の後ろを歩いていた。

二人が研究所の正門まで来ると、

「ミーコ」と背中から、朋子の声がした。

「和泉さんの居場所が分かったの。事務の人が東京にいるって」

「そうなんだ」

御巫は明るい声を出した。

「花屋さんで、アルバイトをしてるらしいって」

「花屋さん？　何なの、それ？」

「分からないけど。おばさんに頼まれたとかなんとか」

「場所は？」

「確か、富岡」

「富岡？」

佐竹が声をだした。

「お店の名前は？」

「確か、花、花」

「花房……」

佐竹がつぶやいた。

「そう、そう。花房、確か、そうよ」

「花房か」

佐竹が嫌そうに言った。

「知ってるんですか？」

御巫が佐竹に聞いた。

「まあな」

佐竹が顔をしかめた。

6

亮子は大きく伸びをして、首を左右に倒した。肩が凝った。授業の準備をしていた。教科書を一つ一つ確認し、授業の予定をノートに書いていく。四年生の担任は初めてではなかったが、細かなところは忘れてしまっている。

いざ復帰するとなると、やはり大変そうだった。それでも生徒や授業のことを考えていると、気持ちが落ち着き、気力が戻ってくるのが分かる。

子どもたちの笑顔や泣き顔、ドッジボールで負けたときの悔しそうな顔、不思議そうな顔にびっくりした顔、運動会の歓声、合唱発表会の真剣な顔。一つ一つの記憶が教科書を読んでいると蘇ってきた。

帰ると決めて本当によかった。私には学校が一番合っている。

亮子は息を吐き、もう一度大きく伸びをした。時計を見ると五時を回っていた。

亮子は椅子から立ち上がり、台所へ行き、冷蔵庫を開けた。

牛乳のパックを振ると、チャプチャプと音がした。底に少し残っているだけだ。食パンはあと一枚。野菜はキャベツが少しと人参が一本。

どうしよう？　買い物に行こうか止めようか。冷蔵庫にある食材で何か作ろうか、出前でも取ろうか。それとも、珍しく外で何か食べようか。

空腹だった。お腹が空く感覚は久しぶりだった。

「カレーでも作ろうかな」

亮子は明るくつぶやいた。

「お肉とジャガイモとカレーのルー。それと小さなワインに」

亮子は買い物のリストを考え、部屋を出た。いつもの道を歩いて駅前に向かった。花房の店先に和泉の姿はなかった。亮子は店の奥に目をやった。無意識で和泉の姿を探していた。

ガラガラと急に大きな音がした。

「和泉君」

英子の声が聞こえた。

「すいません」

和泉の声だった。

「いいから、外の掃除をして」

「はい」

和泉が頭をかきながら、箒とちり取りを持って出てきた。いつものエプロン姿だった。

亮子と目が合い、和泉が会釈をした。亮子は笑いそうになるのを我慢しながら会釈を返した。

「あの、花はいかがです」

和泉が言った。

「いえ、今日は」

亮子が笑いをこらえるように、口元を手で隠しながら言った。

「そうですよね。この前、買ったばかりですもんね」

和泉が亮子を見ていた。花は買わない。花房には、もう用事がない。駅前にはカレーの材料を買いに来た。本屋に寄って、好きな雑誌を買って、コーヒーショップでちょっとのんびりして帰ろう。それが予定だったのだが、何となく立ち去りたくなくて、亮子は、

「この前は、ありがとうございました」と話をつないだ。

「この前？」

「姉のマンションで」

「ああ、いいえ、僕は何もしてませんから」

「車で送っていただいて」

「ついでですから」

和泉は照れたように、意味もなく箒を動かしていた。

「あ、あの」と亮子が何か言いかけたところで、

「すみません」と声が聞こえた。

亮子と和泉が声に振り向いた。

若い女性が店をのぞいていた。女性の後ろ、少し離れて連れなのか、中年の男が立っていた。

御巫と佐竹だった。

「何か?」

和泉が御巫に声をかけた。

「すみません。こちら、花房さんですか?」

「ええ、何か?」

「和泉さんっていう方、いらっしゃいますか?」

「和泉は僕ですけど」

「え!」

御巫は目を丸くして、和泉を見つめた。

「本当に和泉さんですか。東応大学の」

「え、ええ、まあ」

御巫は和泉に会ったことがなかった。友だちの朋子から、研究者らしくない人、背が高く髪の

毛がボサボサ、など情報を得ていたのだが、目の前の花柄のエプロンをしている男性が、目的の和泉だとはすぐには信じられなかった。

「こんなところで何をしてるんですか？」

御巫は周りを見回した。

昔ながらの商店街にある普通の花屋だ。店先には切り花が並んでいた。大学の研究者と商店街の花屋は、どう考えても結びつかない。

「アルバイトだけど」

和泉が答えた。

「アルバイト？　ここの花屋さんで？」

「そうだよ」

「でも、そのエプ……」

御巫は和泉のエプロンを見て吹き出した。あまりの不釣り合いに急におかしくなり、笑いがこらえられなくなった。

「おい」

佐竹が御巫を止めた。

「やめろ」

「すいません。でも、そのエプロンが可愛くて、似合わないから」

「そんなに似合わないかな」

和泉が、エプロンを両手で少し引き上げた。その格好がおかしくて、御巫はまた笑い出した。

「おい」

佐竹がもう一度注意した。

「すいません」

「それで」

和泉は、少しふてくされたような顔をした。

「笑いにきたわけじゃないよね」

「失礼しました。私、警視庁、城南署の佐竹といいます」

佐竹は真面目な顔になり、名刺を取りだし和泉に渡した。

「あっ、御巫です」

御巫も慌てて、名刺を出した。

和泉は二人の名刺を受け取り、けげんそうな顔をした。

「私、失礼します」

亮子が言った。

「あっ、すいません。それじゃ、また」

「ええ」

亮子がスーパーに向かって行った。亮子が去り、和泉は改めて、

「警察の人が、僕に何か？」と真面目な顔になって聞いた。

「すみません。実は、これを」

御巫はバッグから葉を取りだし、和泉に見せた。

「この葉なんですけど。何の葉かわかりますか？　東応大学の友だちから、和泉さんが日本で一番植物に詳しいって聞いて」

「日本で一番って、そんなことはないけど」

和泉は、葉を手に取った。

「この葉がなにか？」

表情が変わった。和泉は百九十センチ近い長身だった。肩幅が広く、背筋をスッと伸ばし真剣な表情になると、武道の達人を思わせる雰囲気になった。

髪を整え、ダークスーツで決めれば、有能なシークレットサービスでも通りそうだった。

熊野のどこかで古武道の修行を積んだと朋子が言っていたが、本当かもしれないと、葉を見つめる和泉の横顔を見ながら御巫は思った。

「ウーン」

和泉は、葉を裏返しにし、目を近づけて観察した。

「分かりますか？」

御巫が言った。

「葉に鱗片があるから、エアープランツの仲間のようだけど。多分、新種だね。色が珍しいし、葉の形と厚さも見たことがない。人工的な品種改良。遺伝子組換え。サボテンとツタか何かとかけ合わせた。そんな感じかな。ＤＮＡを詳しく調べれば、もう少しはっきりとしたことが言えるだろうけど」

鱗片というのは、葉の表面に生えているスポンジ状の毛だった。エアープランツは、その毛で空気中の水分を溜め、吸水細胞で水を吸収する。

「その葉、ミイラの現場で見つかったんです」

御巫が言った。

佐竹が、「ん」と顔をしかめた。

「あっ、ダメでした？」

御巫が口を押さえた。

「まあ、いいよ」

ミイラの件は、まだ警察から発表されていなかった。だから、警察以外の人間に話すのはマズイのだが、和泉という男は信用できそうに思えた。

まあ、とは言え今の時代、おかしな話はインターネットに無数に転がっている。ミイラぐらいでは驚いてくれないだろう。

「ミイラって、あのエジプトのミイラ？」

和泉が言った。

「高層マンションの四十八階にミイラがあって、その部屋にその葉が」

「エアープランツなら、一ヵ月ぐらいは水をやらなくても枯れないからね。世話する人が亡くなってミイラになっても枯れずに生き残ったわけだ」

「数日でミイラになったようなんです」

「数日で？　人間が？」

「ええ。そこに、この葉が残っていて」

「この葉だけ？　他には何も？」

「ええ」

「誰かが、その植物を持ち去ったとか？」

「分かりません」

御巫は首を振った。

「ミイラになった理由がわからなくて」

「僕もミイラの専門家じゃないからな。数日でミイラになって、その部屋にこの葉だけ残されていた。何だか出来の悪いホラー映画みたいだけど」

和泉が、もう一度、しげしげと葉を見た。

「出してもいいのかな？」

「いいですよね」

御巫が佐竹に聞いた。

「どうぞ」

佐竹が答えた。

和泉がビニール袋から葉を取りだし、手の平に乗せ、目を近づけて見た。

「えっ」

和泉がビクッと体を硬くした。一瞬、手の上で葉が動いたように見えた。

気のせいか……。

もう一度、注意して見たが、葉はやはり葉だった。昆虫が葉に擬態することがあるが、これは確かに植物の葉だった。


「ケイちゃん」

花房の店主、英子の声がした。

「どうしたの、背広なんか着て。お母さん、元気？　足はどう？　歩けるようになったの？」

「ああ、元気だよ。毎日、犬の散歩をしてる」

「そう、よかったわね。それで、今日はなに？　ガラスでも割ったの？」

御巫が「プッ」と吹き出した。

佐竹が呆れたような顔をした。

「英子。オレ、警視庁の警部補だからさ」

佐竹は、警察手帳を出し、英子に見せた。

「本物なの？」

「本物だよ。決まってんだろ」

「いたずらばかりしていたケイちゃんが、警察なんてびっくりね」

「まったく」

佐竹が頭をかき、御巫が隣で笑っていた。

「それで、今日は？　私、お金、貸してたかしら」

「んなわけねえだろ。いい加減にしろよ」

「ちょっと、和泉さんに、お聞きしたいことが」

御巫が言った。

「えっ、和泉君、電車で痴漢でもしたの」

英子が、さも心配そうに言った。

「正直に話した方がいいわよ。ウソをついてもいつかはばれるものだから」

「ち、違いますよ。やだな。ほら、この葉の名前を教えてもらいたいって」

「ええ？　警察の人が、和泉君に？」

ウソよ、と目が疑っていた。

「和泉さん、痴漢してたら、言った方がいいですよ」

御巫がいたずらっぽく言った。

「ちょっと。頼むよ」

「英子、本当だよ。この人に葉の鑑定をお願いに」

佐竹が言った。

「あら、そう」

和泉は、「まいったな」と言って、頭をかいた。

「和泉君、用事が終わったら一軒、お願いね。花を届けに行って。大野さんなんだけど、月島の。道、分かるかしら」

「ええ、分かりますよ。前に行ってますから」

「じゃあ、お願いね。花は裏に用意してあるから」

店の電話が鳴り、英子は店の奥に戻って行った。

「まいったな」

もう一度、和泉が言い、御巫が笑った。

「それじゃ、これ、お預かりしていいですか。もう少し、調べてみますから」

「いいですか？」

御巫が佐竹を見た。

「ああ」

佐竹が言った。

「何か分かったら、お知らせします。えーと、誰に連絡すれば良いですか」

「は、はい。私に」

「えーと」

和泉が名刺の名前を確認した。

「ミカナギさん……珍しい名前だね。由緒ある家系なのかな」

「え、ええ」

御巫は、名前を褒められて、嬉しそうな表情をした。

「それじゃ。何かあったら、すぐ連絡します」

「お願いします」

佐竹と御巫は、頭を下げ、和泉と別れた。

「お前も笑うんだな」

商店街を歩きながら、佐竹がボソッと言った。

「えっ」

「初めて見たぞ、お前の笑うところ」

御巫は、後ろを振り返った。花を届けに出たのか、花房の店頭に和泉の姿はなかった。

第四章　荒れ地

1

ここは……どこだ？

天井は薄汚れた木の板だ。ホテルではなさそうだ。旅館？　違うな。そうか……教会だった。

モディは、目が覚めてもしばらく自分がどこにいるのか分からなかった。

教会。そうだ、自分は日本に来ていた。モディは起き上がり、頭を振った。まだ、寝ぼけている。時差ボケと疲れで、頭が働かなかった。

ロンドンから東京に来て、カツカレーを食べ、道に迷い、犬に吠えられた。警官ともみ合いになったところで小畑に救われた。

モディは、あくびをしながら部屋を出た。教会の礼拝堂に行くと、小畑が本を読んでいた。

「おはようございます」

モディが眠そうに言った。

「ああ、おはよう。もう、夕方だけどな」

小畑は笑いながら答えた。

「えっ……」

「ほら」

小畑は壁に掛かった時計を指さした。針は五時を示していた。

「夕方の五時だ」

「五時……」

本当なのか。モディは信じられない思いで時計を見た。何時間寝たのか。よほど疲れていたようだ。

「風呂に入れ、ここまで臭うぞ」

小畑は鼻の前で手を振った。ロンドンを出てから一度もシャワーを浴びていない。自分ではわからないが、ひどい臭いなのだろう。

「風呂は沸いてる。出たら飯にしよう」

小畑は本を閉じて、立ち上がった。

久しぶりの日本式の風呂だった。モディはゆっくり湯につかった。風呂から出ると、ようやく頭がはっきりしてきた。

夕飯は質素だった。塩鯖と漬け物、味噌汁と玄米だった。モディは苦笑いをした。食事は、八年前と同じだった。夕飯を食べさせてもらうのはありがたかったが、お世辞にも「おいしい」とは言えなかった。

食事を終え、お茶をすすりながら小畑は、教会は二年前に閉めてしまった、と言った。信者が減って、存続が難しくなったのだと言う。どの国でも若者の宗教離れが言われている。アメリカでも、日曜日に教会に礼拝に行くのは年寄りばかりのようだ。

それに体が続かなくなったと小畑は付け加えた。

「一時間も立ってると、しんどくなって」

足も腰も痛いと、腰をさする仕草をした。

「熱心な牧師が来れば、教会は譲るんだが。それも難しそうだしな」

説教の代わりに週三日、不登校の子を集めて勉強を教えているようだった。

「ボーッと、マンガを読んでる子も多いけどな」

小畑は、残った漬け物をボリボリと食べた。

「それで、モディはどうしたんだ。また、留学か？」

「ええ……まあ……」

モディは、何を言おうか迷った。日本に来た目的はミイラなのだが、その根拠がおかしなサイトの記事だけだと言うのは、さすがに言い出しかねた。

「違うのか？　ただの旅行か？　どうした、お前らしくないな。もしかして、イギリスに居られなくなったのか。借金のトラブルとか」

「いや、そんなことは」

「それじゃ、何だ。はっきり言えよ、気になるだろ」

「実は……」

モディは、しつこく問われ、ポツポツとミイラの話をしだした。

「ミイラ？　ミイラって、あのエジプトの？」

「ええ」

モディはノートパソコンをとりだし、あのサイトを小畑に見せた。小畑は英文の記事をざっと読み、

「東京、数日でミイラか。まあ面白いけど、それだけで日本に来たのか？」と言った。

「アフリカで……」

モディは続けて、砂漠のオアシスでの出来事を話した。目の前でミイラになったジョーの話だ。

小畑は馬鹿にすることなくモディの話をに耳を傾けた。小畑は牧師だったが、ＵＦＯや雪男、宇宙人や古代遺跡、眉唾物の話が大好きだった。

「その植物というのをはっきり見たのか？」

「いや、恐ろしくて、すぐ逃げ出したので」

見たのは見たのだが、植物の姿は思い出せなかった。逃げるのに必死で、観察する余裕などなかった。

「禁断のオアシスか、一度見てみたいな」

小畑がつぶやいた。うっとりとしたような小畑の表情を見ながら、きっと写真で見るような美しいオアシスを想像しているんだろう、とモディは思った。

「その植物は、オアシスを守っているってことなんだろうな」

「さあ……」

「モディは、日本のミイラはその植物と関係があると思っているのか？　アフリカと日本だろ、種が飛んでくるとか、誰かが持って来たとかか」

「いや、それは……」

「ちょっと、いいか」

小畑がモディのパソコンに手を伸ばした。「これは、日本語もできるのか？」

「ええ」

モディがパソコンを日本語入力に変えた。

小畑が検索した。ミイラ、日本、短時間……。

来月のミイラ展、数年前の孤独死、東北の即身仏ご開帳など、検索結果の一ページめには探している話はなさそうだった。小畑はページを進めていった。

なかなかそれらしいサイトは見つからなかった。テレビはもちろん、新聞、雑誌、ウェブのニュースサイトでは、ミイラは報道されていない。

「おやっ」

小畑の指が止まった。カルト系の情報を集めたサイトだった。

「東京と千葉で、続けて三件のミイラか……」

モディも画面をのぞき込んだ。

警視庁も千葉県警も事件を公にはしていないが、情報は漏れるものだ。ＳＮＳをやっている警察関係者もいるだろう。安月給の人間に厳しい職業モラルを求める方が無理がある。

「半日から数日でミイラになった……」

小畑の言葉にモディがうなずいた。どうやら、東京のミイラは本当だったようだ。

「場所、詳しく分かりますか？」

「東京は、豊洲の高層マンションらしい。千葉は、千葉市かな。もう一件は、何も書いてないな」

「豊洲……」

「湾岸部だ。海の近く。ん、これは何だ？　ミイラの近くから奇妙な植物の葉が見つかった、と書いてあるぞ」

「えっ、植物の葉？　写真はありますか？」

「いや……ないみたいだな」

「植物……」

体が震えた。オアシスの記憶がよみがえってきた。

「本当にミイラらしいな」

モディはうなずいた。表情が硬くなっている。

「これから、どうするんだ？」

「そう……」

豊洲という場所に行ったところで、ミイラはもちろん、ミイラが見つかった現場も見ることはできないだろう。

「ホテルを探して、それから……」

「宿は取ってないのか？」

「ええ、何も考えてなくて」

「それなら、ここにいるか。どうせオレだけだから」

「えっ、そうですか。ありがとうございます」

嬉しい申し出だった。

「まあ、いろいろ手伝ってもらうけどな。英語、しゃべれるだろ」

「イエス、もちろんです」

「子どもに英語を教えてくれ」

「分かりました」

モディはほっとしたように、ため息をついた。とりあえず、宿と食事の心配はなさそうだった。

明日は豊洲という場所に行ってこよう、とモディは思った。

アフリカのオアシスで見た植物は、日本にいるのだろうか。

2

夜。八時を回っていた。和泉はアルバイトを終え、ラーメンを食べ、自分のアパートに帰って来た。

建物の陰に男が隠れるように立っていた。

「ニール」と和泉は声を掛けた。

男が陰から出て来た。ニール・ギタヒ、ニジェールからの留学生だった。

「こんばんは、和泉さん」

ギタヒが頭を下げた。

「入るか？」

「ええ」

和泉が住んでいるのはあきれるほど古く狭いアパートだった。もっとも、和泉が日本にいるのはせいぜい一年のうち三、四ヵ月で、あとは世界中を転々としているのだから、古くても狭くても気にはならなかった。

「適当に座って」

ギタヒは床に座った。

和泉は冷蔵庫から缶ビールを取りだし、ギタヒに渡した。

「久しぶり」

和泉はカチンとギタヒの缶に当てて、ビールを飲んだ。

「この前、お母さんにも会ってきたよ。元気そうだった。妹さんに赤ちゃんが生まれて、君が送ってくるお金でミルクが買えると喜んでいた。みんな元気だから心配しなくていいからって」

ギタヒはうなずき、ビールで口を濡らした。

「研究室に行ってないんだって？」

「……」

ギタヒは黙ってうつむいていた。

「僕が言える立場じゃないけど」

「……」

「何かつまみでも出そうか」

和泉は冷蔵庫を開けてみたが、ビールのつまみになりそうな物は何もなかった。

「そうだ、さっき何かもらって……」

和泉はバッグの中から野沢菜の漬物を取りだした。花を届けに行った先でもらった信州土産だった。

和泉は漬物をつまみながら、

「麻生さんの部屋の前にいたのは、君だろ？」と言った。

ギタヒは一瞬、ビクッとし、

「……はい」とうなずいた。

「どうして？」

「……」

「泥棒ってことはないよな」

「違います」

「それじゃ、どうして？」

「それは……どうしても、知りたいことがあって」

ギタヒは消え入りそうな声で答えた。

「知りたいこと？　研究？」

「はい」

「それなら、研究室の誰かに聞けばわかるんじゃないの？」

ギタヒは首を振った。

「何なの？　僕に分かることなら、調べてあげるけど」

ギタヒはもう一度首を振った。

「そう、まあ、言いたくなければ言わなくても」

和泉はビールを飲みながら、思い詰めた様子のギタヒを見た。

「和泉さんは」

ギタヒが小声で言った。

「なに？」

「麻生さんの自殺、信じますか？」

「麻生さんの自殺？　二ヵ月前の？　僕はアフリカにいたからよく分からないけど。お子さんがガンで亡くなって、悲嘆のあまりって聞いたけど」

「一緒にアフリカに行くって、約束していたんです」

「誰と？　ニールと？　麻生さんが？」

ギタヒがうなずいた。

「どうして、麻生さんがアフリカに？」

「私の故郷は荒れ地です。何も生えない荒れ地です」

ギタヒが話しだし、和泉はよく知ってると言うようにうなずいた。事実、和泉はギタヒの故郷に何度も足を運んでいた。

文字通り、ギタヒの故郷は荒れ地だった。

ニジェールはサハラ砂漠の南の縁、サヘルと呼ばれる地帯に位置していた。

サヘルとはアラビア語で「岸辺」の意味を持つ。岸辺と言っても、直接海や川の岸辺を意味しているわけではなく、サハラ砂漠を縦断してきた商人たちが緑を目にし、川の岸辺と似ているので「岸辺」と呼んだようだ。

かつては名前の通り、サヘル一帯は緑豊かな土地だったのだが、近年は深刻な砂漠化が進み、土地は荒れ果て、干ばつと飢餓に苦しむ土地になっていた。

岩と石、赤茶けた土に砂。風が吹けば砂埃が舞い上がり、目や鼻や口に入り込んでくる。

「神が捨てた土地と呼ばれています」

水を失った土地では作物は育たない。人々は、毎日二時間かけて井戸まで行き、水を運んでくる。

乾燥に強い植物の栽培が繰り返し試みられてきたが、砂漠化は年々進むばかりだった。

植物は水を保持し、土地に潤いを与えてくれる。植物が無くなると水は一気に蒸発し、土地の温度が上がり、最後には土壌微生物までいなくなってしまう。

土地にとって水分を保持する植物は重要である。乾燥に強く、わずかな水分でも生きていける植物が、砂漠化を防ぐ上では何よりも必要なのである。

「麻生さんは、一緒に行って、緑に変えると言ってくれました。花を咲かせて、荒れ地を緑に変えると、約束してくれました」

「それは良い話だけど、思いだけでは現実は変えられないからね。いろいろな所に働きかけて、援助を要請し、寄付を募って、ボランティア団体にお願いして、干ばつに強い植物を植えて、一つ一つ、繰り返し繰り返し、時間をかけて粘り強くやっていかないと、なかなか変えられない。それは君だって分かってることだろ。そのために、今まで君の国が置かれている現状をいろいろな手段で訴え」

「成功したんです」

ギタヒが言った。

「……えっ、成功した？　何が？」

「花です」

「花？」

ギタヒは「はい」とうなずいた。

「成功したから、私の国にも花が咲くと、麻生さんは言いました。花が咲いて荒れ地が緑の土地に変わると」

「成功したら、じゃなくて、成功したと、言ったの？」

「はい」

「本当に？」

「本当です」

「そうか」

和泉は以前、麻生圭子の論文を読んだことがあった。

理想主義者で完璧主義者、妥協しない一途な研究者というのが彼女に対する印象だった。現実は理想だけでは動いていかない。時に妥協も必要だ。

教授や准教授におべっかの一つも言えば、もう少し研究費なども融通されたのだろうが、そのような事は彼女にはできず、いつも研究室の隅で論文を書いていた。

和泉が論文を読み終えた時、

「どうですか」と彼女は聞いた。年齢は和泉よりも少し上のはずなのだが、アフリカでの砂漠化防止の活動をしている和泉を圭子は尊敬していたようだった。

論文のタイトルは、「遺伝子組換え技術による穀物の品種改良」だった。

和泉は題名を見たとき、正直「ああ、またか」と思った。米国の巨大穀物メジャーが行っているような、病害虫に強く、収穫量を増やすための遺伝子組換えかと思ったためだった。

作物への遺伝子組換えは、ひと言で言えば、より収穫量を増やすために行われている。目的は、企業の金もうけのためである。

病害虫に強く収穫量が大きい作物といえば良いことずくめのように聞こえるが、実体は大きく異なる。穀物の遺伝子を操作し、薬剤への耐性を高める。そして、周囲に大量の農薬を散布し周りの草を枯らし、昆虫を殺し、ただその穀物だけが育つ土地に変えてしまう。

大量の農薬がまかれ、薬品で汚染された土地に育つのは、巨大穀物メジャーが提供するその穀物の種だけになる。その土地で伝統的に栽培されてきた穀物や野菜は、もう育たなくなってしまう。

農民は高価な種子と農薬を買い、収穫した穀物はその借金返済のために消えていく。生態系は壊され、土地は痩せる。化学肥料をいれ、また農薬を散布する。河川は農薬で汚染され、健康被害が起こる。

これは陰謀論でも妄想でもない。現実に多くの国で行われている農業の実態だ。倫理的には問題があるかもしれないが、法的には問題ない。合法的な犯罪である。

短期間で生長する農作物は、見栄えは良いが栄養価は低い。植物の生長は、基本的には受けた太陽のエネルギーに比例する。いくら見かけが大きく立派であっても、太陽を浴びた時間が少なければ中身はスカスカなのだ。

品種改良が全て悪いわけではない。品種改良自体は昔から行われている。寒さに強い米や、味が良いジャガイモ、トマトなど、現在私たちの食卓に並ぶ野菜や穀物のほとんどは、人間によって手を加えられたものだ。悪いのは品種改良ではなく、生態系を無視した品種改良なのである。


麻生圭子の論文に戻ると、「どうせ」と思いながら和泉は読み始めたのだが、論文の内容は和泉が想像していたものとはだいぶ異なっていた。

それは、アフリカ、アジア、アメリカ、世界中で問題になっている土地の砂漠化の問題を解決するために、乾燥に強く、保水性に優れた植物を開発する研究だった。

基本は乾燥に強く、空気中の水分も利用できるエアープランツだった。それに、水分を溜めやすいサボテンの遺伝子を組み合わせ、土からも空気中からも水分を取れるようにする。

さらには、水を求めて自ら移動できる能力も付加させる、とあった。

一見、植物が移動するというと、SF小説のようで荒唐無稽な話に思われてしまいそうだが、例えば、西部劇にでてくるバードケージプランツなどは、乾期の間は丸くなり風に吹かれて移動していく。転がっているうちに、湿気がある場所に着けばそこに定着する。

また、中央アメリカから南アメリカの熱帯雨林には、ウォーキング・パームという歩くヤシの木もある——それほど早く動くわけではないようだが。

植物というと動かないイメージだが、実は想像するよりも動く植物は多い。食虫植物が昆虫を捕獲する様子を見れば、植物は動かないものとは考えなくなるだろう。

植物は動けないのではなく、動かないのだと主張する学者もいる。

早く動くには、大量のエネルギーが必要になる。動物は動いてエネルギーを得る進化を選んだが、植物はなるべく動かず省エネに徹しているというわけだ。必要になれば、植物も早く動く方向に進化するに違いない。

ともかく、麻生圭子の論文には水分補給の対象として、空気中、土中、さらには昆虫や小動物まで考えることができると書かれていた。

エアープランツ、サボテン、バードケージプランツ、食虫植物、などなど、様々な遺伝子を調べ遺伝子組換えを行うことで、砂漠化を防ぐ究極の植物を作る可能性があると、論文は結ばれていた。

若い研究者にありがちな気負った点は気になったものの、本当にこのような植物ができれば砂漠化を防げるかもしれないと、読む者に希望を持たせるような内容だった。

ただ、遺伝子組換えや、植物の品種改良の実際を知っている和泉にすると、「とても無理だろう」と思わざるを得なかった。

遺伝子組換えは、石を金に変える現代の錬金術でも、かぼちゃを馬車に変える魔法でもない。

有用な特徴を持った遺伝子を特定し、他の生物に組み込んでみても、期待通りの機能が発揮される保証はない。発揮されるどころか多くの場合、成長すらしないのだ。

複数の遺伝子を組み込み、期待通りの働きをさせることなど、まさに奇跡なのだ。

それが、ギタヒによれば麻生圭子は成功させたという。

どんな花なんだ？

和泉は純粋に研究者として興味を持った。

もしかして。

「君は見たの？　その花？」

和泉はギタヒに聞いた。

「はい」

ギタヒはうなずいた。

「どんな花だった」

「エアープランツ、ツタ、サボテン、ローズオブジェリコ……」

ローズオブジェリコ（ジェリコのバラ）というのは、砂漠の中で乾燥しても半世紀は生きると言われている植物だ。乾燥すると、身を丸めたただの枯草にしか見えなくなるのだが、水に浸すとあっと言う間に葉を広げ、緑に変わっていく。復活のバラ。地球上で最も乾燥に強い植物の一種だった。

「イメージできないな。見てみたいな、どこにあるんだろう？　研究室？」

ギタヒは、首を振った。

「わかりません」

「ああ、それで、あそこにいたのか。麻生さんのマンションに」

ギタヒはうなずいた。

「初めてじゃないんだ。何度も行ったんだ。そうだろ」

「そうです。あの花が最後の希望なんです。荒れ地を緑に変える最後の花なんです。どうしても探さないと」

「片山先生は知らないの？」

研究室の教授だった。

「分かりません」

「丸山にでも、聞いてみるかな」

助手の丸山は、和泉と同期だった。和泉はバッグから携帯を取りだした。

「和泉さん、丸山さんは」

「えっ？　どうして」

「それは……」

ギタヒは言いよどんだ。

和泉のバッグから、御巫から預かったあの葉が出て来た。

「それは……」

ギタヒが葉を見て言った。

「ああ、これは、何でも」

ギタヒが真剣な顔で葉を見つめていた。

「もしかして、これが……」

「見せて下さい」

ギタヒが手を伸ばし、葉を手に取った。

「どう？」

「はっきりとは。一度だけ、ちょっと見ただけなので」

「そうか」

和泉が葉を見た。

何だ、これは？

葉が枯れていない。枝から落ち、一体、何日経っているのか分からないが、葉は鮮やかで瑞々しい緑を保っていた。

「これかもしれないな……」

和泉はつぶやいた。

和泉は携帯電話を取りだし、電話をかけた。

「松島さん、久しぶり、和泉です」

電話口の向こうからＤＮＡ解析研究所の松島の声が聞こえてきた。

「おお、久しぶり、どこへ行っていたんだ、またアフリカか」

「ええ、まあ、それでちょっと、お願いがあるんですが」

「何だ」

「遺伝子解析を一件、お願いしたいんですが……できれば、急ぎで」

「いいよ、一件ぐらい」

「すいません、急いでるんです。これからサンプルをバイク便で送りますから、明日中に、お願いできますか」

携帯の向こうで、「明日？」と驚いている声が聞こえた。

3

丸山義人は、地下鉄から地上に上がる階段を一段一段上って行った。足が上がらない。鉛の靴でも履いているように足が重かった。進学塾のカバンを背負った小学生が、軽快な足取りで丸山を追い越して行った。

階段が終わる。外に出た。目の前に自分が住むマンションが見えた。

独身用ではなく、ファミリー向けのマンションだった。もしかしたらと、未来の伴侶との同居を考えて購入していた。

現実は希望通りにはいかない。丸山は三十半ばを過ぎようとしているのに、いまだ女性と二人で食事をする経験すらなかった。

体が重い、気分は最悪だった。丸山は部屋に入ると深いため息をついた。

あの事件。二ヵ月前。どうして自分はあそこにいたのか。いまさら言っても仕方ないが悔いだけが残っていた。

自分は誘われただけだった。何の手出しもしていない。少なくとも、あの人の死は自分の責任ではない。

大学の学部再編計画があり、バイオ研究所の縮小が決まった。一年で次の職を探せと言われても、丸山のような地味な基礎研究を続けてきた助手には、適当な再就職先など見つかりそうになかった。

そこにきたのが、准教授の川合の誘いだった。一緒にタツミバイオの中央研究所に転職する話だった。

タツミバイオは大企業というわけではないが、種苗の分野では歴史のある優良企業だった。遺伝子組換え穀物の研究に力を入れるため、その分野の研究者を募集しているという説明だった。

提示された年俸は今の助手の手当の倍だった。丸山にとって夢のような話だった。

丸山は川合の誘いを二つ返事で受けた。

「一つだけ条件が」と川合が言った。

「麻生の研究を持って行く」

「麻生さんも一緒ですか？」

「いや、誘ったが、彼女は断った。だから、研究だけもらっていく」

「もらうって？」

あまりにウブだと言うべきか。丸山は川合が言っている意味が分からなかった。

「席が隣だろ」

川合が言った。

「僕に盗めと……」

「嫌ならいいさ。君はここに残れ、俺だけ出て行くから」

結局、丸山は川合の指示に従った。麻生圭子のパソコンのパスワードを盗み見て、彼女の研究データを取りだそうとした。

あの夜。三月二十五日、深夜。冷たい霧のような雨が降っていた。

自分は研究データを必死で探していた。ファイルを開けて内容を確認していると、周りに注意がいかなくなる。

彼女の声がして振り返ると、二人がもみ合っていた。

彼女が倒れ、動かなくなった。後は正確に覚えていない。いや、思い出したくない。

川合が誰か男を呼んだ。見知らぬ男が二人来て、彼女を背負っていった。

あの夜から二ヵ月が過ぎ、事件は自殺で処理された。あの男が言った通り、警察も自殺だと信じ、捜査も行われなかった。

事件は終わった。研究データも取りだし、会社の人間に渡した。後は転職するだけだったのに、足りないデータがあると会社が言ってきた。

そしてなぜか知らないが、あの男たちが死んだらしい。タツミバイオの部長も死んだと、川合が言っていた。

「気をつけないとな……」

川合がつぶやいていた。誰かが彼女の復讐をしているとしたら、自分も狙われる。

丸山は左右を確認して、ドアを開けた。

先週には、研究所に刑事らしい男が来て何やら聞いていた。

丸山は部屋に入り、ドアに鍵をかけ、チェーンを掛けた。

神経質になっていた。彼はドアの鍵はもちろん、全ての窓の鍵も厳重にかけていた。

電気を点け、部屋を見回す。異常はなさそうだ。丸山は肩に下げたカバンを下ろすと、大きくため息をついた。

丸山には一つだけ楽しみがあった。はす向かいのマンションの七階。女性が一人暮らしをしていた。その部屋を丸山は毎日見ていた。

一度偶然、彼女がベランダに出ているのを目撃した。近くに救急車が停まっていて、その様子を見るためにベランダから顔を出していたようだった。

道路を挟んでいた。すぐ近くというわけではないのだが、不思議なことに、彼女の顔がはっきり見えた。

彼女が顔を上げた瞬間、丸山と目が会った――気がした。

丸山は慌てて室内に入った。心臓の鼓動が一気に早くなった。一目惚れだった。ベランダから一瞬、目を合わせただけで一目惚れというのも大げさだが、ともかく丸山にとっては、はす向かいのマンションに住む彼女が――名前も知らないのだが――運命の女性に思えた。

その日から、向かいの部屋を見るのが丸山にとって日課になった。

一度だけ、帰りに同じ地下鉄に乗り合わせたことがあった。心臓が止まるかと思うほど驚いたのだが、声を掛ける勇気はなかった。

そしてあの夜からは、彼女の部屋を見ることが唯一の心の慰めになっていた。

ストレスで胃が痛い。体が重い。日に日に痩せていくようだ。罪悪感もある。しかし、警察に自首する勇気はなかった。

丸山はベランダのガラス戸を開け、彼女の部屋を見た。カーテンは閉まっていて、彼女の姿を見ることはできなかったが、明かりはついていた。彼女がその部屋にいると分かっただけで、心が軽くなるような気がした。

数分部屋を見つめため息を一つつくと、ガラス戸を閉めた。

閉める瞬間、風が吹き、カーテンが揺れた。

丸山はガラス戸の鍵を掛けた。壁を七階まで登って来る不審者はいないだろうが、用心に越したことはない。

玄関の鍵とチェーンをもう一度確認した。窓の鍵も閉めた。これでもう安心だ。

その後風呂から上がると、冷蔵庫からビールを取りだして飲んだ。そして寝る前にもう一度と思い、窓に近づいて行った。

彼女の部屋を見た。明かりはまだ点いている。カーテンに彼女のシルエットが映し出されていた。体が火照っていた。丸山は、ビールを飲みながらガラス戸を開けた。

綿毛が風に乗って、ガラス戸の隙間から部屋に舞い込んできた。

綿毛が丸山の体に付いた。綿毛に付いた種から細い根が伸びていく。丸山はシルエットに気を取られていて、綿毛に気が付かなかった。

綿毛が一つ一つ、体に付いていった。腕、足、太股、腰、背中。細い根が静かに伸びて、丸山の皮膚から水分を吸い出していった。

何だ？　何かが体に付いている。電気は消えていた。暗がりの中、体を見たが、何なのか分からなかった。

「ウッ」

丸山がうめき声を出した。

人間の体は、約六十パーセントが水でできている。水が数パーセント無くなるだけで、幻覚が起こる。そして、十数パーセント無くなると死にいたる。

丸山の体から水が無くなるのは、あっという間だった。吸われた水は植物の中に蓄えられていった。種から芽が出て、若葉になっていった。

薄れていく意識の中で、丸山が最後に見たのは麻生圭子の顔だった。そして、全てが闇に変わった。

丸山が勝手にあこがれていた女性は、荒川舞子というアパレルショップの店員だった。

夜の十二時。今日は大学時代の友人と久しぶりに会って、飲んで帰った。

舞子は窓を開け、空気の入れ換えをした。シャワーだけ浴びて寝よう。嫌だけど、明日も仕事に出なくてはならない。

窓から外を見ると、道路をはさんで向かいの部屋に人の姿が見えた。

まただ……。

向かいの部屋のカーテンが開いていた。

きっとのぞいてる。舞子は腹が立った。あの暗がりの向こうから、男が私の部屋をのぞいている。

一度、警察に行こうか。それとも直接あの部屋に行って、「のぞきは止めなさいよ」と文句を言おうか。

しかし、自分の思い違いだったら恥をかくだけだ。仕事に疲れて、ただボンヤリと外を見て、気分を落ち着かせようとしているだけかもしれない。

急に稲光がした。雷が鳴った。稲光で一瞬、向かいの部屋の中が見えた。何かが立っている。

あれは何だろう、人？

形は人に似ていた。やっぱり、男が立っているのか。しかし、暗くてよく分からない。

もう一度、稲光がした。今度は、はっきり見えた。花だ。人の背丈ほどある大きな植物に花が咲いていた。

そうか、大きな観葉植物なんだ、と舞子は思った。部屋に観葉植物を飾っているらしい。薄桃色の花だった。あんな綺麗な花を飾っているのなら、悪い人じゃないのかもしれない。舞子は見知らぬ男の評価を変えた。

そう、確かに丸山は悪い人間ではなかった。あの夜の間違いを除けば、万引きも痴漢もしたことがない。

しかし、一度の間違いが、全てを変えてしまうことがある。優良ドライバーを飲酒運転の殺人者に、小学校の校長を淫行条例違反の破廉恥漢に、そして小心な研究者をミイラに。

4

「丸山義人、三十五歳。東応大学、バイオ研究所の助手だそうです。鑑識の田代さんが、もう運び出すけど、いいですかって。佐竹さん、もう見ました？」

「見たよ」

佐竹は顔をそむけたままで言った。ミイラはもう十分見た。

一人暮らしの男の部屋としては、よく整理されていた。ゴミは燃えるゴミと燃えないゴミに分けられ、台所の隅に置かれていた。

冷蔵庫の中には、ビールとハム、チーズ、卵が二個、醤油、コーラ、酒のつまみなのかイカの塩辛が瓶に半分残っていた。

料理をしているようには思えなかった。勤務先からの情報でも、残業が多く、夕飯はいつも外食で済ませていたようだった。

人付き合いは悪い。一緒に飲みに行くという友人もいないようだった。

付き合いが悪いのか、人に好かれていないのか、仕事に熱心なだけなのか、判断はしかねたが、ともかく一人で夕飯をとり、一人残って仕事をし、職場である研究所を出るのは毎日夜十時過ぎだったようだ。

遺体は――ミイラだが――道路に面した部屋で、外を眺めているような格好で立っていた。

「変な物が見えます」と向かいのマンションに住んでいる女性から警察に通報があった。

「警察ですが」

ミイラを発見した警察官は初め、誰かが立っていると思い声をかけた。

もちろん返事はなかった。警察官がミイラの肩に手をかけると、ミイラは警察官に向かって倒れてきた。警察官は慌てて体を支え、ミイラと対面し、悲鳴をあげた。

床には飲みかけの缶ビールが落ちていた。缶ビールから毒物などは検出されなかった。

発見された時、テレビは点いたままだった。警察官とマンションの管理人が部屋に入ったときには、昼のワイドショーの笑い声が聞こえたと証言している。

状況から察するに、丸山は夜遅く帰ってきて、風呂に入り、風呂上がりにテレビを見ながら缶ビールを飲み、そして窓際に行ってミイラになったようだ。

「あれは、あったか」

佐竹が御巫に言った。

「葉、ですか？」

「ああ」

「これが」と御巫が葉を見せた。

「あそこの部屋に」

ミイラがいた部屋だった。

佐竹は、大きくため息をついた。どうやら、これは間違いなく事件らしい。これでミイラは三件になった。千葉までいれれば四件だ。

丸山は東応大学、バイオ研究所の助手。高橋はバイオ関連の会社の部長、山口はバイオ研究所で起きた自殺の記事を書いている。

そして、千葉県警の富田からの連絡で、タクシー運転手の小尾は山口と一緒に競馬場にいたところを目撃されていた。

何となくだが全てがつながっている。東応大学、バイオ研究所、麻生圭子。鍵はどうやら、そのあたりにありそうだ。

天井でザワザワと何かが動く音が聞こえたような気がして、佐竹は天井を見上げた。

「どうかしました？」

御巫が尋ねた。

「いや、天井で何か動いたような気がしたんだ」

「天井ですか？」

御巫も天井を見上げ、耳をすませた。

聞こえてくるのは道路を走る車の音と、下の部屋から聞こえてくるテレビの音だけだった。

「何も」

「気のせいか」

「佐竹さん」

御巫が小声で言った。

「もう、出ます?」

「ああ、そうするか」

何となく気味が悪い。佐竹と御巫は逃げるように丸山のマンションから出た。

「帰りますか?」

表に出ると、御巫が聞いた。

「いや、そうだな」

佐竹が地下鉄の駅に向かって歩きだした。「どこへ、行くんです?」

御巫に聞かれ、

「大学」と佐竹は答えた。

5

和泉は食パンを頬張りながら、ＤＮＡ解析の結果を見ていた。

松島に頼んだ、あの「葉」の結果がメールで送られてきていた。

ギタヒと夜遅くまで話し込み、起きたのは昼前だった。ギタヒはバイトがあると言って、コーヒーも飲まずに部屋を出て行った。あの葉の一部をバイク便で送ったのが昨日の夜。最新の解析技術は、驚くほど短時間でＤＮＡ解析を行ってしまう。

和泉は松島のメールを読みながら、ため息をついた。

解析結果には、エアープランツに似ているが、サボテンやツタの特徴もある、とコメントが付けられていた。サボテンはサボテン科、ツタはブドウ科、エアープランツはパイナップル科に分類されている。これらの特徴を持つとしたら、ただただ驚きだった。

「どうするかな……」

和泉は、腕組みをした。

亮子が麻生圭子の妹であることを和泉は知らなかった。

英子から亮子の姉が自殺したことは聞いてはいたが、その姉が和泉の知っていた麻生圭子だったとは全く想像もしなかった。麻生という名前から気づいてもよさそうなものだ。和泉は自分の鈍さにあきれた。

亮子の叫び声を聞いた日、和泉はたまたま同じマンションに観葉植物を届けに行った帰りだった。五階に住んでいる緑好きの老夫婦で、季節毎に居間に飾る鉢を変えていた。送り届けた帰り、女性の悲鳴が聞こえ、駆けつけてみると、亮子がドアの前で座り込んでいたのだ。

和泉は人間関係が苦手だった。人の噂にも出世にも興味はなかった。人と関わるよりも、何もしゃべらない植物と付き合っているほうが気楽でよかった。面倒なことは嫌いなのだが、ギタヒから麻生圭子の「花」の話を聞いた以上、最後まで調べないと気が済みそうになかった。

ギタヒのことも気になった。研究室にはしばらく行っていないと言っていた。

「片山先生は、留学生のことなんて気にしないからだいじょうぶだよ」と和泉は言ったが、ギタヒは弱々しい笑みを返しただけだった。

片山という教授は、自分の業績や評判以外に関心はない。アフリカからの留学生が一人休んでいようがいまいが、全く気にするような人間ではなかった。

「もう少し……」と思い詰めた様子でギタヒは言った。もう少し何をするのか、それは言わなかった。

「無茶はするなよ」

和泉が言ったが、ギタヒは黙ったままだった。

和泉の携帯電話が鳴った。

「はい、和泉です」

「ちょっと、何してるの。今、何時だと思ってるの。忙しいのよ。すぐに来て」

英子が怒っていた。

「すいません」

和泉は言って、あわてて着替えを始めた。

6

教授の片山は、恐ろしく不機嫌な表情をしていた。

「教授が助手の私生活なんて知ってるわけがないだろ。講演の準備で忙しいときに、全くいい迷惑だよ」

佐竹と御巫は、落第した学生のような気分で片山の話を聞いていた。

「だいたいね、なぜ死んだかなんて、調べるのは警察の問題じゃないのかね」

片山はあからさまに迷惑だという態度で、丸山の死は佐竹と御巫に責任があるような言い方をした。

二ヵ月前に自殺騒動があり、また同じ研究室の助手が死んだ。研究室の長として何か責任を感じても、と思うのは凡人の感覚なのか、片山は助手の死を悼むこともなかった。

「何かお気づきのことがありましたら、こちらへ連絡をお願いします」

これ以上聞いても何も出そうにない、と佐竹は思い、名刺だけ渡して、早々に教授室を退散した。

研究室の他の人間にも聞いてみたが、丸山と親しかった人間はいないようだった。

丸山のいた部屋は、想像していたよりもはるかに雑然としていた。准教授になれば自分の部屋が持てるらしいが、助手では学生と一緒の大部屋に机を並べるのだという。

「ここが丸山さんの席です」

以前、麻生圭子の話を聞いた、吉岡朋子が机を指さした。

机の上は何も手をつけていないとのことだった。

パソコンのモニターとキーボード、マウス、マグカップ、筆記用具、専門書や論文のコピー、研究ファイルなどが置かれていた。

「隣は空席ですか？」

佐竹が聞いた。丸山の隣は誰も使っていない様子だった。机の上には何もなかった。

「そこは麻生さんの席でした」

朋子が声を抑えて言った。自殺した人間の机では、誰も使う気にはならないのだろう。二ヵ月経っても空いたままになっていた。さらに、隣の丸山がミイラになって死んだと知ったら、丸山の机もしばらくは——永遠にかもしれないが——使われないだろう。

「隣か」

佐竹はつぶやいた。ここでも、麻生圭子が出てくる。

「あの……」

朋子が、さらに声を潜めた。部屋の中には佐竹と御巫、朋子の三人しかいないのだが、誰かに聞かれているような気がして、声が小さくなった。

「何か？」

「関係ないかもしれませんけど、丸山さんが留学生と言い争っているのを見たって、男子学生が言ってました」

「喧嘩？」

「言い争いだそうです。一ヵ月ほど前に、下のロビーの隅で」

「へえ」

「ただ、階段を上がりながら、ちらっと見ただけだから、研究の話をしていただけかもしれないけど、雰囲気は悪かったたって」

「留学生？」

「ええ、ニールという人で」

「その留学生は、今どこに？」

「しばらく休んでいるみたいです」

「休んでる？　病気？」

「さあ、理由はわかりませんけど、ここ一ヵ月ぐらい、姿を見ていないような」

「一ヵ月……」

ミイラと時期が重なる。

「あの……留学生は、関係ないかもしれませんけど」

佐竹があまりに真剣な顔になったので、朋子は逆に心配になった。

「普段は明るくて良い人なんです」

「分かった。心配しなくても、あなたから聞いたなんて言わないから」

佐竹は無理に笑顔を作って言った。

「お願いします」

「どうもありがとう」

佐竹は朋子に礼を言って、研究室を出た。

「留学生、関係ありますか」

御巫が言った。

「さあな。まあ、とりあえず調べてみるか」

佐竹と御巫は事務室でニール・ギタヒの情報を確認した。

「ニール・ギタヒ、アフリカのニジェールから来ているようですよ」

御巫が事務所から渡されたメモを見ながら言った。

「ニジェール？　どこだ？」

「さあ？」

御巫は首を振った。国名なのか、都市の名前なのか、それすら分からない。

「アパートは、葛西みたいです」

葛西は分かった。

「今から行きます？　佐竹さん。あれ？　佐竹さん」

御巫が横を見た。いるはずの佐竹の姿はなかった。振り返ると、佐竹はエレベータの前にいて、エレベータに乗り込もうとしていた。

「えっ?」

ドアが閉まりかけ、御巫も慌ててエレベータに駆け込んだ。

「どこへ行くんです?」

佐竹は「上」と指で示した。十階のボタンが押されていた。最上階だった。

エレベータが十階に着き、佐竹は非常口から屋上へ続く階段を上って行った。

ドアを開けると視界が開けた。屋上はむき出しのコンクリートで、人工芝もなにもひかれていなかった。ベンチと灰皿が見えた。建物内は禁煙である。どうやら、喫煙者は我慢できなくなると、屋上でタバコを吸っているらしい。

「ここかな……」

佐竹が柵に近づいていった。麻生圭子が飛び降りたという場所だ。

夜中、警備員が「ドサッ」という屋上から落ちる音を聞いて、すぐに駆け寄り、救急車を呼んでいた。机の上に遺書が残され、屋上に靴が揃えられていたことなどから、自殺とされた。麻生圭子は屋上から中庭に向けて飛び降りたことになっていた。

「ここからか……」

佐竹は柵から下をのぞいた。建物は十階建て、屋上なので十一階に相当する。中庭が見えていた。気のせいかもしれないが、真下の植え込みが人の形に凹んでいるように見えた。

ここから飛び降りる気になるだろうか、と佐竹は思った。

柵は佐竹の胸ほどの高さがあった。麻生圭子は佐竹より背が低い。この柵をよじ登らなくては自殺できないのだが、結構大変そうに思えた。

その夜は弱い雨が降っていたらしい。そんな夜に、屋上まで来て自殺するだろうか。まあ、晴れた月夜が自殺に向いているわけでもないだろうが、雨の夜に屋上に来て靴を脱ぎ、柵を乗り越え、暗闇に向かって飛び降りる。ここまで考えて、佐竹は小さく首を振った。自分には分からない。自分が自殺するとしたら、雨の夜は選ばないだろう。もちろん、他人の心の中までは分からないから、あり得ない、とまでは言えないが。

聞いた限りでは、子どもの死後も大学に来て研究を続けていたようだ。少なくとも、自殺すると感じていた人間はいなかったらしい。

「アフリカへ行くと言っていた」という証言もある。普通、目標がある人間は自殺しないものだ。

佐竹は、麻生圭子の自殺を調べ直そうと思って、屋上に来たわけではなかった。気になるので確認したかっただけだった。自殺だと納得できればそれで良かった。しかし、現場に立ってみると、自殺がさらに信じられなくなっていた。

もし、自殺ではないとすると……。

佐竹は刑事らしく考えた。

殺人か……。

だとすると、誰かが麻生圭子を屋上まで運んで、ここから下に放り投げたことになる。柵の高さを考えると、複数犯と考えるのが普通だろう。一人でやろうとすると、相当の力がいるはずだ。

二人で被害者を抱え上げ、柵を越えて、下に放り投げる。自殺を偽装するために靴をそろえ、遺書を偽造し、と考えたところで、「あっ、猫」と御巫の緊張感のない声が聞こえた。確かに、猫が一匹、中庭を横切っていた。

「まったく」

佐竹は舌打ちをした。御巫は体を乗り出して猫を見ていた。

「しょうがねえな」

佐竹は顔をなでた。そり残しの髭がざらついた。

冷静に考えると不審な点が浮かんでくるのだが、これはもう済んでいる事件だった。よほどの証拠が出て来なければ、関係のない人間が、ただカンだけで再捜査できるはずがない。

身内でもいて、自殺に疑問を持ち、警察に訴えれば再捜査の可能性もないわけではないが……身内？　そう言えば、麻生圭子に身内はいたのか？。

麻生圭子の死が自殺ではなく、他殺だったら、恨みを晴らすのは……身内……。

兄弟姉妹はいたのか？　もしかして、親族の誰かが研究者だったら、人を殺してミイラにする方法を知っているのではないか。白衣を着た女が寝ている男に注射する。男がミイラに変わっていく。一瞬、佐竹の頭にそんな想像が浮かんだ。

「しかし、まさかな」

佐竹はつぶやいた。それはないだろう。天下の科捜研がミイラになる原因が分からないと言っているのだ。

「たしか、潮見署だったな」

麻生圭子の自殺を扱った署だった。

研究所を出た後、佐竹と御巫は葛西に回った。留学生のアパートに行ってみたが不在だった。アパートの大家に連絡を頼んでおいたが、大家はしばらく帰っていないようだ、と佐竹に言った。

「あいつと会うか」

佐竹は渡辺久夫の顔を思い浮かべた。警察学校の同期だった。今は潮見署に勤務していた。

7

豊洲。高層マンションの前に呆然と立ちすくむモディの姿があった。「豊洲」という地名を手がかりに来てみたものの、都合良くミイラに会えるはずもなかった。

どうする？　どこへ行けば良い？

交番でミイラの現場はどこですか、などと尋ねても教えてくれるわけもない。

モディはしばらく高層ビルを眺めていたが、あきらめて歩き出した。当てはない。目的もなかった。

冷静に考えればバカな話だ。おかしなサイトにつられて東洋の果てまで来た。それだけでも呆れるのだが、アフリカのオアシスで見た植物がミイラの犯人だなどと言ったら、病院を紹介されてしまう。

ロンドンに戻ったほうが良いのではないか。時間を無駄にしているだけなのでは。いや、もう少し調べようか。それで何も分からなければ、久しぶりの日本だ、どこか温泉にでも行こうか。まとまりのない考えが、浮かんでは消えていった。

目を上げるとドーム型の建物が見えた。新木場にある熱帯植物園だった。

新木場より夢の島と言ったほうが通りがよいかもしれない。東京湾の埋立地である。誰が付けたのか知らないが、ゴミの埋立地に「夢の島」と命名したセンスには恐れ入る。モディはぼんやり豊洲から歩いているうちに、夢の島公園まで来ていた。

平日の公園は閑散としていた。人影はまばらで、カラスの鳴き声だけが、やけに大きく聞こえていた。

夢の島公園は知らない場所ではなかった。日本にいた時に一度来ていた。大学の知り合い数人と、公園に来て遊んだのだが、熱帯植物園には入らなかった。

ドームが一瞬、あのオアシスに見えた。目の錯覚か、モディは二度三度と頭を振った。

モディは、吸い寄せられるようにドームに向かって行った。

巨大なガラスドームが次第にはっきりしてきた。人工的なドームだ。鉄骨とガラスで作られている。あのオアシスとは全く違う。分かっていても、体が小刻みに震えてきた。

あの植物はいない。いないはずなのだが、オアシスでの恐怖が蘇ってくる。

額に汗がにじんできた。恐ろしければ入らなければいい。その通りなのだが、足が勝手にドームに向かって動いていった。

ドームの中は、想像していたより暑くなかった。「熱帯」という言葉から、日差しが強い、南アジアの夏のような気温を予想していたのだが、日本の初夏ぐらいの気温だった。湿度は高い。歩いて来たこともあって、体全体から汗がにじんでいた。

水の音が聞こえた。小さな滝から水が勢いよく流れ落ちていた。滝つぼの池には熱帯のスイレンが浮いていた。

順路に沿って歩いていくと、ブーゲンビリアやカトレア、コチョウラン、シンビジュームなど、色とりどりの花が咲いていた。

シダの陰にあの植物がいるのでは、と初めはビクビクしていたが、五分も歩くと、次第に緊張がほぐれてきた。入場者は少なかった。常連らしい老夫婦が花を楽しみ、若いカップルがジャングルで迷ったような雰囲気で歩いていた。

かすかに甘い匂いがした。どこかでバナナかパパイアなど熱帯の実がなっているのだろう。

植物園は外見ほど大きくなかった。ドームはAからCまで三つに区分されているのだが、ゆっくり歩いても、二十分もあれば全て回ることができた。

出口のドアが見え、モディは息を吐いた。何も起きなかった。戻ってもう少し詳しく見ようか、それとも、もう外に出ようか。迷っていると、目の前に薄桃色の靄《もや》がかかった。

なんだ？　見上げると、細かい粒が頭上からゆっくり降りてきていた。

モディは手に粒を受けた。

花粉？　いや、種か……。手のひらに降りてきたのは、綿毛に包まれた小さな種だった。シランやエビネなどのラン科植物は、細かい種を散布する。モディの手にあるのは、どうやらその種類の植物の種子のようだった。

植物が種を蒔く方法はさまざまある。カキやリンゴ、ブドウのように、実の中に種を入れ、動物に食べさせ、遠くに運んでもらうものや、タンポポやアザミのように種に綿毛をつけて風に乗せて散布する植物もある。記憶が蘇った。甘い香り、ピンク色の靄。ジョーがミイラになったとき、花が咲き、ピンク色の靄がかかった。靄の中で綿毛の付いた小さな種が漂っていた。

まさか、ここに……。

モディは、園内を見回した。シダの茂み。南国の花。どこかに、あの植物が隠れているのではないか。

モディは急いで出口に向かった。ドームの外には食虫植物の温室などがあったが、モディは足早に通り過ぎ、植物園から出た。

一刻も早く植物園から遠ざかりたかった。体が震えていた。外は初夏の日差しだった。植物園の中よりも暑いぐらいだ。しかし、体の震えは止まらなかった。

8

都会の夜。穏やかなピアノの音が流れていた。

「ワインはいかがですか？」

小野がワインリストを見ながら亮子に勧めた。

「すいません、私、お酒はちょっと」

亮子はやんわりと断った。

ホテルの最上階にあるレストランだった。

久しぶりに自分でカレーライスを作った夜。小野から、また電話がかかってきた。夕飯を食べ終わり、ぼんやりと和泉の事を考えていたときだった。

自分で作ったカレーライスはおいしかった。食事をおいしいと感じたのも久しぶりだった。

警察の人と和泉は真剣な顔で話していた。亮子にとって、初めて見る和泉の真面目な顔だった。

いったい、あの人は何をしている人なんだろう。どうやら、ただの花屋さんではないらしい。

英子に怒られている顔。バケツを蹴飛ばして慌てた顔。照れたような笑顔。そして、真面目に考えている顔。

警察に関係している人なのだろうか、それとも……。

電話のベルが鳴り、考えが途切れた。

「はい、麻生です」

掛けてきたのは小野だった。食事の誘いだった。

「ええ……」

来週の水曜日。亮子は返事を躊躇したが、一度だけでも、と小野に言われ、承知した。

小野と二人で食事をするのは気が重いのだが、いろいろと親切にしてもらったこともあり、断るのも気が引けた。

一度食事に付き合って、その後は仕事が忙しいと言って断ろう、と亮子は決めていた。何度か断れば、小野も察してくれるだろう。

街中の小さなレストランを想像していたのに、小野が用意したのはホテルの最上階にある二つ星のレストランだった。

フランス料理のフルコース。ちらっと値段を見たが、亮子の一ヵ月分の食費よりも高そうな料理だった。

「予約でコースを頼んであるんです。何もお聞きしないですいません」

「いいえ」

何の飾りもない平凡な白のブラウスに紺のスカート、化粧もあまりしていない。周りの客を見ると、自分だけ場違いな気がしてしまう。

前菜。

「ホワイトアスパラガスとパルマ産生ハムにポーチドエッグを添えて、トリュフ風味のオランデーズソースとともにお召し上がり下さい」

料理を運んできた男性が細かく説明をしてくれるのだが、亮子には難しくてよく分からなかった。

両親が早くに亡くなり、贅沢をしたことがなかった。大学時代は姉の部屋に一緒に住み、アルバイトをしながら生活した。食事はいつも質素だった。

高校三年の秋、両親が相次いで病に倒れた。

高校卒業後、働くつもりだった亮子に姉は、

「何とかなるから」と言って、大学進学を勧めた。

その時、姉は大学院を出て、研究所の研究員になっていた。研究員というのは名前だけで、実際はアルバイトのような待遇だった。

二人で小さなアパートに住み、亮子は奨学金をもらい、塾や家庭教師のアルバイトを掛け持ちして大学を卒業した。

小学校の教員になり少し生活に余裕ができたが、いつも先のことを考えてしまい贅沢をする心の余裕はなかった。

レストランと言うと、学校の近くのファミリーレストランしか浮かんでこない。注文するメニューは決まって、ハンバーグランチかミートソーススパゲッティだった。

ナイフとフォークの扱いも慣れていない。肩が凝ってきて苦しくなる。

メインディッシュは、「特撰和牛フィレ肉のパイ包み焼き」。おいしいのだろうが、緊張して味がよく分からなかった。

最後にデザートのケーキとコーヒーが出て、ようやく少し落ちついた。

「あの……」

コーヒーにミルクを入れながら、小野が言った。

「何ですか」

「いえ、外が綺麗ですね」

小野に言われて、亮子は初めて窓の外に目をやった。窓ガラスの向こうには、額に入ったような東京の夜景が見えていた。

「本当に、綺麗ですね」

ホテルの最上階、高級レストラン、ライトアップした東京タワーと六本木ヒルズ、まるでドラマの中にでもいるみたいだった。

「あ、あの……」

「はい」

「いえ、すいません。あまり女性と話したことがなくて、何を話せば良いのか分からなくて」

小野は緊張をほぐすように、肩を二、三度上げ下げした。

「もうすぐ、学校に復帰ですね」

「ええ、明後日の金曜日に学校に行って、授業の打ち合わせをします」

「いよいよですね。楽しみですか？」

亮子は少し考えて、小さくうなずいた。

「大変そうですけど。授業の準備もまだまだで」

小野もうなずき、コーヒーを口に運んだ。

「でも、不思議ですよね。仕事をしていた時は毎日が大変で、休みたいとか辞めちゃいたいとか思ったのに、仕事が始まるのが楽しみだなんて」

「その気持ち分かります。私も辞めたい辞めたいと思いながら仕事をしてますから。でもきっと、辞めろって言われたら、すごいショックだろうなって」

小野が微笑み、つられて亮子も微笑んだ。

「小野さんのお仕事はいかがなんですか」

亮子が言った。

「あ、私の方は、会社の研究所に戻ったところなので、何をやるか会社の指示を待っているところです」

「そうですか」

「そういえば、お姉さんの資料はいかがですか。何かありましたか」

論文にまとめるので探していると言っていた圭子の資料のことだった。

「ええ、送っていただいた箱を探して見たんですが、それらしい物は何も……」

「そうですか」

以前、小野に言われて、亮子はしまってあった箱を開け中身を確認したのだが、研究データらしい物も記憶メディアもみつからなかった。

小野の携帯が鳴った。小野は慌ててカバンから携帯を取りだし、電話の相手を確認すると、

「すいません、ちょっと」と亮子に断って、席を外した。

亮子は一人になり、残ったケーキを口に運んだ。

高層ホテルの最上階。窓からは東京の夜景が見えていた。落ち着いた男女の二人連れが多かっ

た。みんな静かに談笑しながらワイングラスを傾けていた。亮子には縁のない世界だった。

ここにもし和泉が来たら、と亮子は想像した。

「和泉君、何してるの」

「すいません」

他の人のテーブルでつまずいて、大きな音を立て、英子に怒られて謝っている和泉の顔が浮かんできておかしくなった。

「すいません」

小野が戻ってきた。硬い表情だった。小野は椅子に座り、無言で冷めたコーヒーを飲み干すと、

「もう、行きましょうか」と言って立ち上がった。

小野は眉間に皺を寄せ、怒ったような顔をしていた。小野が初めて見せた不機嫌そうな顔だった。

「ごちそうさまでした」

亮子がお礼を言うと、支払いをすませた小野は硬い笑顔を返した。

エレベータでは無言だった。エレベータを下り、亮子がもう一度、「今日はありがとうございました」と言うと、小野は引き留める素振りも見せずに、「それじゃ」とだけ言って別れた。

9

小野は、亮子が背を向けるとすぐに険しい顔に戻った。食事が終わったあと、亮子をバーかカフェに誘いもう少し一緒にいるつもりだったのだが、電話がきて甘い気分は完全に消えてしまった。

電話は東応大学の准教授川合からだった。助手の丸山が死んだという連絡だった。

一体、何が起こっているのか、小野にはさっぱりわけが分からなかった。

麻生圭子の研究を盗んで、基本的な特許を押さえてしまえば、お終いのはずだった。後で彼女が訴訟を起こしたとしても、個人が企業と争うのは困難だ。時間的にも、費用の面でも、よほどはっきりとした証拠が無い限り個人では勝つことが難しい。

それが、なぜだ。簡単な話のはずだったのに、どうして人が死ぬ。麻生圭子に部長の高橋、そして助手の丸山だ。一体どうなっているんだ。

農地の砂漠化を防ぐ夢のような作物。地中からも空気中からも、さらには生物からも水分を補給できるという。摂取した水は根や葉や茎に貯め込み、砂漠を緑に変えていく。さらに、その作物は食料にもなるという。嘘のような話だ。

これが麻生圭子以外の人間が話したのなら、小野も笑って否定しただろう。研究ではないSF小説の世界だ。

しかし、彼女は別だった。世渡りが下手で出世には遠いが、研究者としては一流だった。特に子どもを亡くした後は、何かに取り憑かれたように研究に没頭していた。

徹夜明け、目の下に濃いクマが残る顔で、

「もう少し、もう少し」と、しきりにつぶやいていた。

「何が、もう少しなんですか」

小野はさりげなく尋ねた。

「砂漠に花を咲かすんです」と圭子は言った。

「アフリカの砂漠を緑に変えるんです」

目が輝いていた。研究は本物だ。小野は直感した。

小野が圭子のパソコンから研究データを盗もうとしているのを准教授の川合と助手の丸山が気づいた。

川合が取引を申し込んできた。データを盗もうとしたことは誰にも言わない。その代わりに、自分たちをタツミバイオの研究所に入れて欲しいということだった。

東応大学は学部の再編を進めていて、バイオ研究所は縮小する計画だった。自分たちは研究所から追い出される、追い出されても行くところがない。だから、会社に入れてくれという話だった。

小野は上司の高橋に相談した。高橋は研究データと引き替えなら、と承諾した。

「中央研究所のシニア研究員でどうですか」

小野は河合に条件を伝えた。

データを盗み出したのは助手の丸山だった。研究データは手にした。麻生圭子は自殺した。何もかも上手くいったはずだった。しかし、取りだしたデータは不完全だった。データに従って小野は遺伝子組換えを試みたが、上手くいかなかった。

何かコツでもあるのか、と条件を変えていろいろ試してみたがやはりダメだった。

もしかしたら、圭子がデータの一部を隠しているのでは、という考えに行き着いたのは、一ヵ月後のことだった。

注意深く読み直してみると、研究データの中にところどころ、何かを参照しているような数字が打たれていた。後から参考文献でも入れるのだろう、と小野は考えていたが、どうやらその数字は他のファイルを示しているようだった。もう一つデータがあり、合わせることで研究内容が分かるようになっている。

圭子は、盗まれることを恐れて、研究データを分割して保存した。

少し考えれば、当然のことだった。研究者の世界は、外の人間が考えるほど綺麗ではない。同じような研究をしている研究者は大勢いる。先を越されれば、今までの研究はムダになってしまう。

何十年も努力して、研究が成就しても、他の人間が先に発表してしまうと自分には何も残らない。不正の噂には事欠かないのだ。

小野にデータが足りないと言われ、丸山と川合も研究室を探した。しかし、見つからなかった。

「そんな物が本当にあるのか」

川合は疑わしそうに言った。

「それで約束の件は、だいじょうぶなんだろうな」

「このデータじゃ、ちょっと。残りのデータがないと部長にも言いようがないので」

小野は首を振った。

「待てよ、おい。いまさら、ダメはないだろ」

その後、研究室は調べるだけ調べた。データは見つからない。研究室にないとすると、考えられるのは彼女の自宅マンションだった。

小野は一度、一人でマンションに行った。夜中、幽霊がでそうな部屋で足りない研究データを探した。今、思い出しても背筋が寒くなる。

部屋に忍び込み、引き出しの奥まで手を入れ探ってみたが、目当ての物は見つからなかった。とりあえず、パソコンのデータは全てコピーした。パスワードは「ｓｈｕｎｉｃｈｉ」。彼女の息子の名前だった。

コピーはしたが、中身はメールや写真ばかりで、役に立ちそうなファイルは見当たらなかった。麻生圭子はどこに隠したのか。研究データは消えていた。そして、小野も川合も気づいていなかったが、彼女が作ったという「花」も消えていた。

今夜食事中に、丸山が死んだと川合から電話がかかっていた。電話口で川合は、「それで、データは見つかったのか」と言った。

小野が「まだだ」と答えると、「早くしろ」と怒気を含んだ声が返ってきた。

「それほど言うなら、私は降りる」

小野が怒って言うと、川合は、

「降りてみろ、会社に全部バラすからな」と脅してきた。

腹が立った。腹が立ったが、ここまできたら仕方がない。自分も研究データが欲しい。

彼女のマンションは探した。残っているのは妹の部屋だった。残された私物の中に手がかりがあるかもしれない。

部屋に入らないと、と小野は思った。

金曜日の夕方。亮子は学校に打ち合わせに行くと言っていた。調べるのはその時しかない。とりあえず、段ボール箱の中身を調べよう。

こんなはずじゃなかった……。

小野は亮子の顔を自分が思い浮かべた。金も名誉もそして女も、全て手にできたはずなのに。計画が崩れていく。小野は砂の中に引きずり込まれていくような感覚を覚えていた。

10

佐竹が渡辺久夫と飲んでいた。こちらはおしゃれでも高級でもない、ガード下の焼き鳥屋だった。

大分出来上がった会社員が、ひとしきり政治家の悪口を言った後で、

「オヤジ、ビール、もう一杯」と裏返った声をあげた。

安月給のサラリーマンが会社帰りに愚痴を言いながら飲む飲み屋だ。

タバコと焼き鳥の煙で、店の中は霞んでいた。禁煙は外、喫煙は中、都合の良い分煙だった。

「久しぶりだな」

渡辺は焼酎のお湯割りをうまそうに口に運んでいた。

「ああ」

佐竹はビールだった。

「十年ぶりぐらいか」

渡辺が言った。二人は同期だった。大学も同じ、警察学校も同じ、初めて配属された警察署も同じだった。

「芳恵さんは、元気なのか」

「ああ」

「子どもは一人だっけ」

「二人だ。上の娘が、今は高校二年、いや、三年だったかな」

「おいおい、娘の年ぐらい、しっかり覚えておけよ。で何だ、スピード違反のもみ消しか、それとも風営法違反か」

口が悪いのは、二人ともよく似ていた。

「それとも……」

軽口に佐竹が乗って来ないので、渡辺は真面目な表情になった。

「麻生圭子の自殺の件なんだが」

佐竹はビールを舐めるように飲んだ。

「麻生圭子？　誰のことだ」

「二ヵ月前、東応大学のバイオ研究所で自殺した件だ。お前の管轄だよな」

「東応大学？　バイオ研究所？　自殺？」

渡辺は腕を組み、しばらく考え、

「ああ、あれか」と言った。

「何かあるのか、あれはただの自殺だぞ」

二ヵ月前なのだが、記憶に残っていなかった。事故や事件は毎日起きていた。屋上からの飛び降り自殺は、記憶に残るような話ではなかった。

「あれには、殺しとか、他の線はなかったのか」

佐竹が聞いた。

「ないな。遺書も残されていたし、子どもが亡くなって落ち込んでいたようだ。屋上に靴が揃えられていて、聞き込みをしても、自殺以外の線は出て来なかった。付き合いは悪かったらしく、飲み会にもほとんど参加していない。浮いた噂はなし。金銭の貸し借りもなし。生命保険も掛けていない。痴情、怨恨、金絡み、なにもない」

「遺書というのは？　手書きか？」

「いや、ワープロだ。確か、子どもが死んで生きていく気力がなくなった、とか書かれていたような気がしたな。旦那も数年前、外国で亡くなっていて、気の毒だが自殺する気にもなるだろう」

「報告書を見せてもらえないかな」

「いいけど。なぜだ？　自殺じゃないっていうのか？」

一度、ケリがついた事件だ。管轄外の人間が疑いをもつのは気分が悪い。

他にも事件は山ほど起きている。誰からもクレームがついていない事件を中からひっくり返して調べることはないだろう。

渡辺は露骨に不満そうな顔をした。

「ちょっとな……」

「おい何だよ隠すなよ。何かあるならはっきりわけを……」

渡辺は言いかけて、何かを思い出したらしく、

「待てよ佐竹。もしかしてあれか？」と話を変えた。

「あれ？」

「ああそうか、お前が担当なんだ」

「何だよ」

「噂は聞いてるぞ。ミイラだろ」

渡辺は、興味深そうに佐竹の顔をのぞき込んだ。

「関係があるのか。ミイラと自殺が」

「わからない」

佐竹は言った。

「やっぱり、ミイラか」

どうやらすでに、ミイラの話は他の警察署でも話題になっているようだった。

遺体が見つかった周辺の住人に、遺体がミイラ化していたとは伝えていない。

マスコミにもミイラの話はしていないし、新聞やテレビでも特に取り上げてはいない。今週は元アイドル歌手の覚醒剤騒ぎがあって、テレビのワイドショーはその話題で盛り上がっている。

死んだのは男が三人だ、昼のワイドショーで取り上げたくなる話題ではないだろう。

遺体の一部を食べたとか、まだ生きていると言って食事を与えているとか、猟奇的な脚色がされれば別だが、一人暮らしのオヤジが死んだだけでは誰も興味を持たない。

多分、鑑識の誰かが、酔って他の署の人間に話したのだろう。それが渡辺の耳に入ったようだ。

「佐竹、本当のところはどうなんだ、人間が一時間でミイラになるのか」

話に尾ひれがつき、勝手に大きくなっていく。初めは三日だったのが、一日、半日と短くなり、今は一時間になっているようだ。

「一時間？　バカを言うな。一時間でミイラになるわけがないだろ。二、三日だよ」

全く、世の中には無責任な奴がいるな、と佐竹は呆れた。

話を広めている人間も、嘘だと思いつつ、面白がって一時間と書いているだけだろう。

しかし、実際は一時間ではなく、数分でミイラになるとは佐竹も含めて誰も想像できるわけがなかった。

「でも、二、三日か。それでもすごいな。二、三日でミイラか、いやあ、そりゃすごい」

何がすごいのか分からないが、渡辺はしきりに感心していた。

「そうか」

渡辺は自分の膝を叩き、

「なるほどな」と勝手にうなずいた。

「あそこから、おかしなウイルスでも漏れ出したと思っているんだな。あの研究所は遺伝子何とかをやってたからな」

「遺伝子組換え」

「それだよ。そうか、そういうことか。自殺した女がおかしなウイルスを作って、そのせいでミイラになったのか、なるほど、ウンウン、そうか」

渡辺は一人で納得し、焼酎のお湯割りをうまそうに飲んだ。

佐竹は説明するのも面倒で、勝手に想像させておいた。

「おい、ウイルスだとすると、もしかして」

渡辺は体を引き、佐竹から離れた。

「違うって。勝手に考えるなよ。調べたけど、ウイルスも病気も関係ない」

「そうなのか」

「そうさ。いいから、飲めよ。ビールはどうだ」

渡辺のコップは空になっていた。

佐竹がビールを注ごうとするのを、渡辺は、

「お、オレは焼酎でいい」と断った。

11

「どうした。腹でも痛いのか？」

小畑が心配そうにモディの顔をのぞき込んだ。モディの箸が止まっていた。飯を前にして、ふさぎ込んでいるモディを見るのは初めてだった。

おかずは珍しくトンカツだった。いつもはアジの開きと野菜の煮物程度なのだが、モディのために奮発して肉を用意していた。

「いいえ、だいじょうぶです」

モディは箸を伸ばし、トンカツを口に運んだが、明らかに元気がなかった。

「あれか？」

「ええ……」

「何か、分かったのか？」

「いいえ……」

豊洲という場所に行き、熱帯植物園に入った。最後に見たピンク色の靄、あの種を蒔いた植物は何だったのか、確かめに戻ろうか、とも考えたが、とてももう一度植物園に入る勇気はだせなかった。

ロンドンに戻ったほうがいいのでは……。モディは真剣に考えていた。

長老の言葉が耳に蘇ってきた。あのオアシスから村に逃げ帰って来たときのことだ。

村の長老は、モディの顔を見て「オー」と驚き、

「お前は善人のようだ。ムンダはお前を生かしてくれたらしい」とスーダン訛りのアラビア語で言った。

ムンダという言葉が、オアシスを指すのか、あの植物を指すのか分からなかった。

モディはなんとかジョーを助け出せないか、と長老に言ったが、長老は首を振るだけだった。

「せめて、遺体だけでも」

長老は、もう一度首を振った。

無理なのはお前もよく分かっているだろう、という表情だった。

「お前は幸運だった。しかし、用心することだ。ムンダを見た者には呪いがかかる。お前の前にも東洋の男が一人ムンダから戻ってきたが、一ヵ月で亡くなったと、噂が届いた」

呪いがかかる……。

気が付くと、村人たちが汚れたものを見るような目でモディを見ていた。

ロンドンに戻ったあと、半年ほど体調が戻らなかった。微熱が続き、体がだるい日が続いた。

悪夢は今でも繰り返し現れる。

呪いか……。

自分の意志で日本に来たような気になっているが、実はあの植物に自分が引き寄せられているのではないか。そんな妄想もわいてくる。

もう一度、あの植物に遇ったら、今度こそ死んでしまうのではないか。

ロンドンに戻った方がいい。もし、ここにあの植物がいて、日本でミイラが増えているにしても、この国のことはこの国の人間に任せればいい。インド系イギリス人の出る幕ではない。いや、まて、ロンドンに逃げ帰ったところで、やっぱり何も変わらないのではないか。ここで決着を付けないと、たとえ、自分がミイラになったとしても……。

トンカツを口に運んでも、味は感じられなかった。

「そういえば、オレもちょっと調べてみたんだが」

小畑がパソコンから打ち出した印刷用紙をモディに見せた。ところどころ黄色い蛍光ペンで線が引かれていた。

「四人目が見つかったらしいぞ」

小畑が引かれた線を指さした。

「えっ。四人目」

「今度は、大学の助手らしい」

「大学……」

どこから情報が出ているのか、ネットの情報は次第に正確になっていた。

「東応大学、モディ、お前知ってるか？」

「東応大学……」

東応大学、どこかで聞き覚えのある大学名だった。

どこだろう……。モディは記憶を探った。日本にいた時ではない。それなら、いつだ？　イギリス？　いや、違う。

「ああ」

思わず声がでた。アフリカだ。あの男だ。日本人だと言われて、日本語で話しかけると、嬉しそうな顔をしていた。

背が高く、とても日本人とは思えない風貌の男だった。砂漠の緑化が目標だと、屈託のない笑顔で言っていた。灌漑をして、乾燥に強い作物を植え、アフリカから飢餓をなくすんだ、と言っていた。

名前は……イダ、イズ、覚えていなかった。アフリカで出会っても、人生で二度会うのは珍しい。縁のある人間なら二度目がある、名前を覚えるのは、その時でいいとモディは考えていた。

ともかく、東応大学に行ってみようか、とモディは思った。運命だとすれば、あの男ともう一度会えるだろう。そして、あの植物とも……。

第五章　姉

1

深川南小学校。廊下を歩きながら、亮子は深く息を吸い込んだ。子どもたちの匂いがする。懐かしい匂いだった。草いきれのような、やや生臭い、活発に成長している生物の匂いだ。

放課後、授業は終わっていた。音楽室で練習をしている吹奏楽部の音が廊下を流れていった。

亮子は来月から職場に復帰する。

「打ち合わせをしたいので、学校へ来てもらえますか」

教頭の相原靖代から連絡があった。

「金曜日の午後はどうかしら」

「はい。分かりました。よろしくお願いします」

時間は四時半と言われたのだが、亮子は四時には学校に着いていた。

校門を入り、一歩一歩踏みしめるように、ゆっくりりと校庭を歩いた。花壇にパンジーやマリーゴールド、なでしこなどの花が咲いていた。休職前、亮子は園芸部の顧問をしていた。彼女が休んでいても、生徒達が忘れずに手入れをしてくれていたようで嬉しかった。

試合が近いのか、校庭ではサッカー部が熱心に練習していた。

心が波立ってこない。姉の顔が浮かんでくるが、涙は滲んではこない。

「だいじょうぶ」

亮子は自分に言い聞かせるように、つぶやいた。きっと、もうだいじょうぶ。

打ち合わせは四年二組の教室で行った。亮子が受け持つクラスだった。

生徒は三年生からの持ち上がりで、去年から変わっていなかった。

親の都合で二人転校し、二人が転入してきた、と相原は生徒の名簿を見ながら説明した。

黒板の脇に、新しい時間割が貼られていた。何か足りない気がした。亮子は教室を見回した。

そうか……。教室の壁に何も貼られてないのだ。これから少しずつ、生徒の絵や作文を飾っていこう、と亮子は思った。

相原から授業の進み具合とクラスの状況を説明された。

「隣のクラスに比べて国語が少し遅れていますけど、他の教科は順調に進んでいます。授業は、みんな熱心に聞いていますよ。毎回、田所君が質問、質問って、少しうるさいですけど」

「田所君は、四年生になっても変わりませんね」

亮子は、度の強い眼鏡をかけた田所大輔の顔を思い出して思わず微笑んだ。

授業中に教室から勝手に出て行ったり、騒ぎ出したりするような生徒は特にいないようだった。

「石川博美ちゃんが風邪で二日休んでいますけど、他の子はみんな元気です」

「わかりました」

名簿を見ていると、一人一人の顔と声が蘇ってきた。

「来月から家庭訪問が始まります」

その後は、授業参観、遠足、夏のキャンプと行事が続いていく。

「だいじょうぶですよね、麻生さんは新人じゃないから」

相原が亮子の顔を見た。

「はい」

亮子は答えた。声に張りがあるのが自分でも分かった。

相原は二度、三度とうなずいた。亮子の落ち着いた態度に安心した様子だった。

「それじゃ、来月からよろしくお願いします」

相原が最後に言った。

「はい」

亮子は頭を下げた。そして「だいじょうぶ」と、もう一度心の中でつぶやいた。

相馬との打ち合わせの後、亮子は職員室に行き、復帰の挨拶をした。大きな拍手も歓迎の言葉もなかったが、同僚達の穏やかなうなずきだけで十分だった。

亮子は自分の席に着き、引き出しを開けた。筆記用具、ノリ、はさみ、ホチキス。平凡な文房具だが見ているとホッとした。

亮子は一つため息をついた。やっと戻ってこられそうだ。安堵のため息だった。

「お帰りなさい」

隣の席の紀藤真澄が言った。同じ、四年生の担任をしていた。

「ありがとう」と亮子は返した。

「来月から、よろしくお願いします」

「私こそ、麻生さんが戻ってきてくれて心強いです。なにしろ、あの二人は」

と真澄は、同じ四年生の担任をしている、大木と山崎を見た。

四年生は四組あった。一組の担任が真澄、二組が亮子、そして三組と四組が大木と山崎だった。

「頼りにならないから」

真澄に見られて、大木と山崎は隠れるように背を丸めた。

「そうね」

亮子は真澄と顔を見合わせて微笑んだ。本当に学校に戻ってきた気がした。

2

小野が亮子の部屋に入ろうとしていた。手には、インターネットの怪しげなサイトで見つけたピッキングの道具が握られていた。先が曲がった細い棒状の器具だ。

小野は器具をシリンダー錠に差し込み、カチャカチャと動かした。練習ではうまくいった。シリンダー錠をホームセンターで購入し、何度も練習を繰り返した。三十秒もあれば開けられるようになったのだが、練習と本番は違う。手が震えていた。汗が目に入る。小野は眼鏡を外し、汗を手でぬぐった。

亮子が学校に出かけて行くのを待って、小野はアパートに向かった。アパートの前で主婦が数人立ち話をしていて、小野はイライラしながら主婦たちが立ち去るのを待った。

鍵を開けようとしたが、うまくいかなかった。開かないいんじゃないか。途中で止めて逃げだしたくなる思いを小野はなんとか抑えた。何分たっただろう。五分か十分か、それともまだ二、三分なのか。

「おい、何してる」と今にも声がかかるような気がした。汗が噴き出してくる。

麻生圭子の研究データを探さないと……。

小野は祈るように器具を回した。

カチッと乾いた音がした。小野は手を止め、ドアノブを回した。鍵は開いた。小野は大きく息を吐いた。

小野はビクビクと左右を見た。そして、まさに泥棒猫のように背を丸め、ドアの内側に忍び込んでいった。

亮子のアパートに入り、小野はもう一度ため息をついた。部屋に人の気配はなかった。夕方、亮子が小学校に行き、部屋を空けることは分かっていた。時間もおおよそ聞き出してあった。四時過ぎに学校へ行き、一時間か一時間半、打ち合わせをする。その時間帯、亮子は部屋を留守にする。

何度か来て、部屋の様子は分かっていた。玄関を上がると狭い台所があり、その奥には姉の遺影が飾られている部屋と亮子の寝室がある。

小野が亮子を訪ねたのは、圭子の研究データを探すためだった。それでも、亮子が涙ぐみ、「ありがとうございます」と何度もお礼をいわれると、心が痛まないわけではなかった。

小野は元々悪人ではない。ガリ勉タイプの研究者だ。こつこつと勉強し、堅い農学部からタツミバイオに入社した。このまま平凡なサラリーマン生活を過ごすものと自分も周りも思っていた。国内留学に応募したのは、ちょっとした気分転換のつもりだった。入社して十年が過ぎ、将来がぼんやり見えだし飽きがきていた。

東応大学に留学し、論文を書き学会で発表すると、小野を見る周りの目が変わった気がした。今まで人前で話すことはなかった。一度も目立つこともなく、ひっそりで生きてきたのが、学会発表で変わった。

「先生」

発表が終わり、どこかの女子学生が小野に質問してきた。

「遺伝子組替えに利用される遺伝子は、どのようにして見つけていらっしゃるのですか」

目が輝いていた。あこがれの目だった。誰かに尊敬される、初めて感じる快感だった。

学会の表彰式。若い研究者が受賞していた。上には上がいる。表彰され拍手を受けている人間に、小野は軽い嫉妬を感じていた。

自分もいつか大きな賞を獲りたい、獲って拍手を受けたい。いらない欲が出た。欲が小野を変えていった。

今はそれに恋も入っていた。涙ぐむ亮子を抱きしめたい。小野は、亮子を抱きしめて慰めたい衝動を抑えるのに苦労した。

研究データを手に入れて特許を取り、報奨金を手にして出世する。有名な賞を獲り、亮子にプロポーズする。そんな都合の良い未来を夢見ていた。

しかし、研究データが手に入らなければ、全てただの夢になってしまう。

小野は室内を見回した。圭子のマンションのように広くはない。もし、データがここにあるのなら探し出せそうだ。

亮子の態度から、研究データのことを知っていて隠しているとは思えなかった。

可能性が高いのは圭子の私物の中か。研究室に残っていた彼女の私物は、段ボール箱に押し込んで送っていた。段ボール箱は押し入れに入っている。小野は押し入れを開け、段ボール箱を取りだしテープをはがした。

3

学校での打ち合わせを終え、亮子は駅前のスーパーで買い物をした。そして、家に向かう途中、「花房」で和泉に声を掛けられた。

「花は、いかがです」

和泉の笑顔につられ、亮子も思わず微笑んだ。

「ええ、それじゃ」

亮子は姉のためと自分のために、いつもより多く花を選んだ。

「持てます？」

和泉が亮子の荷物を見て言った。

肩に掛かったバッグには、打ち合わせで渡された資料がパンパンに詰まっていた。さらに、両手にはスーパーの買い物袋がある。

「荷物、持ちますよ」

和泉が買い物袋に手を伸ばした。

「おばさん、すいません、ちょっと、お客さんの荷物を届けてきます」

和泉が店の中に声をかけた。

「はーい。どうぞ」

英子の声がした。

「だいじょうぶです。私、持てますから」

亮子は言ったが、

「遠慮しないで。どうせ今、暇ですから」

と和泉は亮子の手から買い物袋を取り、歩き出した。

亮子と和泉が並んで歩いていた。和泉はいつものエプロン姿だった。Tシャツの上から花柄のエプロンをつけ、穴が開いているジーンズにボサボサの髪と無精髭。長身で奇妙な格好の男と清楚な女性。すれ違う人が、興味津々といった目で、二人をじろじろと見ていった。気恥ずかしい思いで、亮子は目を伏せながら歩いていった。

それでも和泉と歩くのは嫌ではなかった。一緒にいると不思議に心が温かくなる気がした。

「亮子さんは小学校の先生ですか？」

和泉が聞いた。

「ええ」

「やっぱり。この前話していたのは、生徒さんですか？」

駅前にある塾の前で、生徒と話していた所を目撃されていたらしい。

「ええ」

「面白いですか、先生は？」

「大変ですけど」

「そうですよね。子どもを教えるのは大変そうだな。僕はいいかげんだから、とても無理だけど」

「和泉さんは、どうして花屋さんに？」

今度は、亮子が聞いた。

「花屋？　ああ、いえ、『花房』はアルバイトなんですよ」

「アルバイト？」

「おばさんなんです」

「おばさん？」

「おかみさんが僕の母の姉で」

「そうなんですか」

「僕とは全然似てませんけどね」

店主の英子は、細身の美人タイプだ。

「そうですね」と亮子は言って、慌てて、「ごめんなさい」と謝った。

「まあ、僕はこんなですから」

和泉はボサボサの髪をかき分けた。

「働いていた人が産休になって、一人じゃ大変だからって。たまたま、僕も今、暇なので、だったら手伝って、って言われて。それで、一ヵ月ほど前から」

そういえば、その前は見たことがなかったかもしれない、と亮子は思った。

「こんな年で暇じゃいけませんけどね」

和泉は言って、また頭をかいた。

亮子は和泉の仕草が何となくおかしくて微笑んだ。

アパートが見えてきた。

「あそこです」と亮子がアパートを指さした。

「三階なんですけど、エレベーターがなくて」

「ああ、それじゃ、部屋の前まで行きます」

「すいません」

アパートに近づくと、和泉は急に真面目な顔になり、

「実は……」と切り出した。

「何ですか？」

「麻生さんに、お願いしたいことがありまして」

何だろう？　全く見当がつかなかった。

「麻生さんのお姉さん、麻生圭子さんの研究資料が残っていれば、見せていただけないかと」

「姉の……ですか」

「ええ」

姉の研究資料？　どうして、和泉が姉を知っているのだろう。

「実は、僕は、圭子さんと同じ研究所に籍を置いているんですが」

和泉は真剣な表情だった。

「はい……」

和泉は何を言い出そうとしているのか。亮子は和泉をじっと見つめた。

4

小野は焦った。しかし、焦れば焦るほど時間は早く進んでいく。

五時半。そろそろ亮子が戻ってくる時間だった。四時に忍び込み、データを見つけても見つからなくても、五時には部屋をでる予定だった。

研究所から送られてきた段ボール箱はたった三つだ。調べはすぐに終わるはずだった。

しかし終わらない。段ボール箱には、ノート、ファイル、コピーした論文、白衣、マグカップ、インスタントコーヒー、あれやこれやが乱雑に詰め込まれていた。

小野は、データを隠すとすれば、USBなどの記憶メディアだろうと考えていた。それを小さなケースにでも収めてあるのではないか。しかし、探しても探しても、そのような物は見つからなかった。

小野はいったん段ボール箱をあきらめ、亮子の机に向かった。亮子がそれと気づかずにしまっているかもしれない。

時計を見た。六時に近づいている。時間がない。

小野は机の引き出しを開けた。小学生の教科書と授業ノート。筆記用具、ノリ、はさみ、定規、ホチキス。研究データとは何の関係もない品が詰まっていた。

イライラしてきた。裁縫道具、便せん。探している物は影もない。

他にはどこか……。壁にエアープランツが飾られていた。

これは……。小野は一瞬、麻生圭子が作り出した植物かと思ったが、よく見れば、平凡なただのエアープランツだった。

外から声が聞こえてきた。聞き覚えのある声だった。男と女の声。女は亮子に違いなかった。

「姉の資料と言われても、私には、ちょっと」

「まあ、そうですよね」

カンカンと階段を上る靴の音が近づいてきた。

小野は慌てて玄関に向かった。段ボール箱を片付けている余裕はなかった。

靴を履き、ドアを開けた。声がすぐ近くに聞こえてきた。

「姉の職場から送られてきた箱がありますから、よかったら開けて見てもらっても」

「そうですか、そうしてもらえると」

二人が階段を上ってくる。向こうはダメだ。

小野は声と反対方向に、廊下を逃げていった。

亮子と和泉が三階まで階段を上りきった所で、バタバタと足音が聞こえ、廊下を走っていく男の後ろ姿が一瞬だけ見えた。

何だろう？　二人は顔を見合わせた。そして「さあ」というように、同時に首を振った。

部屋の前に着いた。

「ここです。どうもありがとうございました」

亮子は荷物を下ろし、バッグの中から部屋の鍵を取りだし、鍵穴に刺した。

「あらっ」

亮子がドアノブに手をかけ、声をもらした。

「どうかしましたか？」

「鍵が……閉め忘れたのかしら」

亮子はけげんそうな表情でノブを引いた。「ちょっと、待って」

和泉が亮子を制して、先に部屋に入った。

「あっ」

和泉が声を上げた。

「あっ」

続いて亮子も言った。

「あいつか！」

和泉は玄関から飛び出し、廊下を走っていった。

「……」

亮子は絶句した。部屋が荒らされている。押し入れが開き、段ボール箱が開けられ、中に入っていた品物が部屋の中に放り出されていた。

「どうして……」

姉のマグカップが足元に転がっていた。姉が着ていた白衣も放り出されている。

亮子は部屋を見回した。机の引き出しが開けられていた。頭が働かない。自分の部屋が泥棒に入られるなんて。

「だめでした」

和泉が息を切らして戻ってきた。

「あいつ、どこに行ったのか。多分、さっき廊下を走っていった男がこの部屋を」

亮子は玄関で立ちつくしていた。

和泉も改めて部屋の様子を見た。

「ひどいな、これは……」

部屋の床一面に品物がまき散らかしてあった。

和泉は亮子に目を戻した。肩が小刻みに揺れている。

「だいじょうぶですか」

和泉が声をかけた。ショックで倒れてしまうのでは、と心配になったが、亮子は、「はい」と気丈に答えた。

「とりあえず、警察に連絡を」

和泉が言いかけたとき、

「こんにちは」と背中で声がした。

二人が振り返ると、廊下に佐竹と御巫が立っていた。

「もう、警察に電話を？」

和泉が聞いた。

「いいえ」

亮子は首を振った。

「何かありましたか」

佐竹は部屋をのぞき込みながら言った。


小野は、アパートの隣の建物の陰に隠れていた。階段を走って下りた。足がもつれ階段から転がり落ちそうになったが、何とか無事に階段を下り終え、建物の陰に隠れることができた。息が荒かった。廊下を走り、階段を駆け下りただけなのだが、息ができないほど呼吸が苦しかった。

普段、運動は何もしていない。学生時代は典型的なガリ勉タイプの優等生だった。会社に入っても、研究だけをしていた。それが、一体何が間違ったのか、スパイのまねごとをしている。姿を見られただろうか。亮子は自分だと分かっただろうか。小野は心配になった。

男が追いかけてきたが、あれは、確か駅前の花屋で見た男だった。花屋の男は階段を駆け下りてきて、駅に向かって走り、またすぐに戻ってきて、アパートの階段を上って行った。どうやら見つからなかったらしい。

息が落ち着いてきた。小野はズボンのポケットからハンカチを取りだし、額に浮かんだ汗を拭いた。

小野はおそるおそる建物の陰から顔を出した。何度も何度も顔を左右に振り、誰もいないことを確認すると、ネズミのようにコソコソと逃げ出した。

5

「何か盗られた物はありますか？」

御巫が手帳を開いて言った。

「詳しく調べてみないと……」

亮子がつぶやくように言った。

「その段ボール箱は？」

佐竹が指さした。

「姉の勤め先に残してあった私物なんです」

荒らされていたのは段ボール箱と亮子の机だった。ざっとであるが、調べた限りでは盗られた物はないようだった。もちろん、箱の中身は詳しく調べたわけではないので、はっきりしたことは言えないのだが、少なくとも亮子の持ち物で盗まれた物はなかった。

「後で、被害届を」と佐竹が言い、

「はい……」と亮子がうなずいた。

「それで、こんな時に申し訳ないのですが、私たちがこちらにお伺いしたのは」

佐竹はゆっくり話しだした。佐竹と御巫はもちろん、空き巣を捕まえにきたわけではなかった。潮見署の渡辺から亮子の住所を聞き、亮子の姉、麻生圭子の話を聞きにきたのである。アパートに着いてみたら空き巣が入り、麻生圭子の私物が荒らされていた。

「あなたのお姉さん、麻生圭子さんのことでお尋ねしたいことがありまして」

「はあ、姉ですか。姉の何を？」

「お姉さんと直接関係があるかないか、まだ分からないのですが。ここ二週間ほどの間に、東応大学に関連した人が亡くなる事件が四件続いていまして」

「それで、それが姉とどんな関係があるんでしょう。姉はもう二ヵ月前に……」

「ご愁傷様です。ご不幸があった後で、お伺いするのもどうかと思いましたが、何しろ何も手がかりが無い状態なので、研究室に関係のある方々を廻って、お聞きしているところでして」

「そうですか……」

半分は本当で半分は嘘だった。研究室に関係した人間に事情聴取しているのは本当だったが、佐竹が亮子のアパートに来たのは、亮子が麻生圭子のただ一人の身内だったからだった。もしかしたら、妹が姉の恨みを晴らすために殺人を、と疑っていたのだが、亮子と会ってその考えは消えていた。

「この中で、ご存じの方はいませんか」

佐竹は、亮子に、高橋、丸山、山口、小尾、四人の写真を見せた。

亮子は写真を見て、首を振った。知らない顔ばかりだった。

「私、姉の仕事のことは何も知りませんので……」

「そうですか」

「皆さん、姉がいた研究室の方々ですか？」

「この丸山という人は助手の方ですが、あとは関係者でして」

佐竹は、あいまいに言った。

「高橋という人はタツミバイオという会社の部長さんなんですが」

「タツミバイオ……」

亮子がつぶやいた。

「ご存じですか？」

「いえ、あの……」

佐竹が高橋の写真を指さしながら、「タツミバイオ」と言った時、小野の顔が浮かんだ。小野と同じ会社だった。そして、廊下を走っていった男の後ろ姿を思い出した。

小柄で痩せていた。そして猫背。思い出すと、後ろ姿が小野によく似ていた。

「気になることでも？」

「いえ、あの……」

佐竹が聞いた。

亮子は迷ったが、

「小野さんという方に、姉の物をいろいろ届けていただいたのですが、その方もタツミバイオの社員だと」と佐竹に告げた。

「小野？」

「はい」

「下の名前は分かりますか」

「えーと、確か、名刺が……」

亮子はバッグから小野の名刺を取りだし、佐竹に渡した。

「小野幸司、㈱タツミバイオ、シニア研究員」

「大学に国内留学していたと仰ってました」

「東応大学に？」

「はい」

佐竹は名刺を見ながら、二、三度うなずいた。

「姉と同じ研究室にいらしたようで……」

「もしかしたら、この人が、あなたの留守に」

「分かりません。ただ、後ろ姿が、もしかしたら」

「似ていた？」

「はい」

「小野か……」

佐竹がつぶやいた。御巫が真剣な顔でメモを取っていた。麻生圭子を中心にして話がつながりだしていた。

「御巫さん。預かったあの『葉』なんだけど」

和泉が言った。

「あっ、何か分かりましたか」

「いや、奇妙と言うか独創的と言うか、エアープランツの仲間かなぐらいしか」

「エアープランツ」

御巫が壁に飾ってあるエアープランツを指さした。

「あれですか」

「そうそう。それに何か、遺伝子組換えで品種改良したのか。単純に新種の植物なのか。まだ、分からないけど」

「品種改良だとしたら、誰が？」

「多分、麻生さん」

「えっ？」と亮子の口から言葉が漏れた。

「今、植物の遺伝子に詳しい友人に解析してもらっているから、あと数日したら、もう少しはっきりとしたことが言えるかもしれないけど。何しろ画期的というか独創的な植物のようで、できれば麻生さんの研究データがあるようなら見せていただきたいと」

「ええ……」

亮子は小さくうなずいた。さっき和泉が、姉の資料を見たいと言ったのはこれだったのか。

「その四人の方が亡くなったことと、姉の研究が何か関係があるんでしょうか？」

亮子が和泉に聞いた。

「分かりませんが、もし、関係があるとしたら、お金ですかね」

「お金？」

「お姉さんの研究は、相当の価値があるはずですから」

「相当というと……」

佐竹が聞いた。

「数百億、数千億、いや、もっと上かも」

「ほお、それはすごい」

佐竹の言葉には、どこか学者のホラだろうという響きがあった。

「大袈裟じゃないですよ。もしかしたら、麻生さんは、農地の砂漠化を食い止める植物を作り出したかもしれないので」

「農地の砂漠化？」

「ええ」

和泉は、世界中で農地の砂漠化が進んでいることや、食糧危機が深刻化している現状、穀物メジャーと呼ばれる巨大産業が穀物の品種改良を競っていることなどを簡単に説明した。

「人類の未来を変えるかもしれないほどの研究かもしれません」

「へえ、それはすごい」

佐竹は、和泉の言っていることはほとんど理解できなかったが、何やらすごそうだということだけは話す口調から察せられた。

「ただ、これは想像ですが、麻生さんは自分の研究を無償で一般に公開しようとしたのではないかと」

「タダで？」

「ええ」

「それは、もし本当ならいい話じゃないんですか？」

「それが、なかなか難しいところで。もし本当に研究が成功し、農地の砂漠化を防ぎ、食糧が増産できるようになると、穀物価格は下がり、食糧問題は一気に解決できるかもしれませんが、逆に、それによって大打撃を受ける企業もでてきます」

「なるほど」

「それに研究室の段階で成功しても、実際の農地で栽培してみたり、周りの生態系に害がないか確認したり、いろいろやらなければいけないことがありますし、論文を出しても、あまりに独創的過ぎると、審査に時間がかかったり、却下されるケースもあります。その間に誰かに研究を盗られて、特許を取得されてしまうと、とか考え出すと、いろいろと」

話を聞いていた亮子が、「あっ」と声をだした。

「もしかして、姉は……」

亮子が真剣な目で佐竹を見ていた。姉の死は自殺ではないのではないか？

「それは、その……」

亮子の目の意味が分かり、佐竹は言いよどんだ。

亮子は両手を硬く組み、じっと動かなくなった。

「麻生さんは、自分の研究が狙われていると分かって、どこかに隠したんじゃないかと思うんです。そして、誰かがそれを探そうとして、このアパートに入った。多分、お姉さんのマンションにもすでに入っているのかも」

和泉が言った。

「あの時……」

亮子がつぶやいた。

「あの時？　何です」

佐竹が聞いた。

「どこか変だなって」

「どこかって？」

「姉の部屋に行った時、何かおかしな気がして」

亮子は、姉のマンションに入ったときに感じた違和感を佐竹と和泉に話した。本やファイルの向きのことだ。

「そうですか…」

和泉が腕を組み、眉間に皺を寄せた。

「なるほど」

佐竹がつぶやいた。犯人は何かを探している。麻生圭子の部屋では見つからず、それで今日、妹の部屋に入ったのだろう。

入ったのは小野という男か。佐竹は亮子から渡された名刺を見ながら思った。

「そういえば、和泉さん。その葉のことですが、葉とミイラは何か関連がありそうですか？」

御巫が和泉に聞いた。和泉は少し考え、

「いや、そこまではなんとも」と答えた。

「ミイラって？」

亮子が聞いた。

佐竹は「しまった」という顔をした。亮子はまだミイラの件を知らなかった。

「あの……いったい……」

亮子が三人の顔を見た。

「いや、ミイラになって亡くなった人がいて、その現場に葉っぱが残っていて」

しかたなく、和泉が言った。

「もしかして、姉の研究がミイラと関係して」

亮子が不安そうに言った。

「いや、まあ、そんなことは、今のところ何も」

佐竹が言った。

「都会のマンションは結構乾燥していて、放置されるとミイラ化しやすいこともあるので」

「そうですか」

「四件とも、数日でミイラになっているんです」

御巫が言った。

「おい、やめろ」

佐竹が御巫の体を叩いた。


「すみません。こちら、麻生さんのお宅ですか」

玄関で声がした。連絡を受けてやってきた交番の巡査だった。太めの体型で、肩で息をして、汗が噴き出していた。

「これ」と佐竹が部屋を指さした。

「ああ、荒らされてますね。最近、この辺りは空き巣とかひったくりが多くて、夜間パトロールを行っているんですが」

巡査は汗を拭きながら言った。

「よく話を聞いてやってくれ」

「わかりました」

「それからお前、少し痩せた方がいいぞ。これじゃ、犯人を見つけても追いかけられないだろう」

佐竹は、制服から飛び出しそうになっている腹を見て言った。

「すいません」

巡査は背を伸ばし、精一杯腹をひっこめた。

「さて、そろそろ行くか」

佐竹が御巫に言った。

「長い時間、お邪魔しました」

佐竹が改めて部屋を見た。段ボール箱の中身が床に散乱している。

「鍵は二重にしたほうがいいでしょう」

「はい……」

亮子が答えた。

和泉の携帯電話が鳴った。

「はい。和泉です」

「何してるの！　忙しいんだから、早く帰って来て」

英子からの電話だった。離れていても聞こえるほどの大きな声だった。

「分かりました、すぐ戻ります」

「配達も溜まってるし、お客さんもくるし、分かってるの」

「はい、すみません」

和泉は、何度も頭を下げた。

「僕も、ちょっと戻ります」

和泉が亮子に言った。

「また、戻ってきますから」

「ええ、お願いします」

亮子は心細そうな顔をした。

和泉は「すぐ戻ります」ともう一度言って、佐竹と御巫と一緒に部屋から出た。

アパートの階段を降りたところで、佐竹が和泉に声をかけた。

「和泉さんは、ニール・ギタヒという留学生をご存じですか」

「留学生ですか？」

「ええ、研究所に来ている」

「ニジェールから」

御巫が横から言った。

一瞬、間が空いた。和泉は佐竹から目をそらし、

「ああ、知ってますよ。彼が何か？」とこたえた。

「亡くなった丸山先生と同じ研究室だというので、お知り合いなら一度、私のところに来てくれるように言ってもらえませんか。二、三お聞きしたいことがあるので」

「分かりました」

留学生について何か知っているんじゃないか、佐竹は和泉の態度を見て思ったが、それ以上は

聞かなかった。留学生と事件との関わりは薄いだろう。何もなくても、外国人は警察を警戒する。トラブルを避けたい気持ちは理解できた。

「それじゃ、僕は、これで」

和泉が走りだして行った。

「さて、次は小野か……」

佐竹がつぶやいた。事件の輪郭がおぼろげながら明らかになってきたように思える。

腹が鳴った。時計を見ると、時間は七時を回っていた。

「飯でも食うか」

佐竹が言うと、

「駅前においしそうなパスタのお店がありましたよ」と御巫が言った。

パスタ……。ラーメンを食いたかったが、佐竹は「そこでいいや」とうなずいた。


一時間ほどして、和泉は鍵を持って戻ってきた。

「もう、犯人は戻って来ないと思いますけど、用心のために取り付けて置けば安心ですから」

和泉は、部屋の内側からドアにチェーン錠がかかるようにし、窓にも防犯用の鍵をかけた。

「ありがとうございます」

亮子は礼を言った。

「本当に、だいじょうぶですか。もし心配なら、叔母に話して、叔母の部屋に泊めてもらっても」

「だいじょうぶです。何かあったら大声で叫びますから。それに私、こう見えても少し合気道をやっていて、結構強いんです」

亮子は、力こぶを作る仕草をした。

和泉は微笑みながら、

「くれぐれも無理をしないで下さい」と言った。

「まあ、もう来ないと思いますよ。入ったのが小野という人だったら、姿を見られたと思ったでしょうし、これだけ探しても見つからないのなら、他を探すか、もしくは、もうあきらめるでしょうから」

亮子は和泉の顔を見ながら、自分が和泉に泊まっていって欲しいと思っていることに気づいて、心臓が早くなった。

和泉と目が合った。亮子の思いに気づいたのか、気づかないのか、和泉は目をそらし、

「もし、何かあったら」と自分の携帯電話の番号を亮子に教え、

「何時でも飛んできますから」と言った。

深夜、亮子は夢で目を覚ました。時計を見ると、針は二時半を指していた。

疲れていた。心も体も疲れ切っていた。学校に行き、打ち合わせをした。帰ってきたら空き巣に入られていた。刑事が来て、いろいろ聞かれ、姉の死が自殺ではないかも知れないと分かった。

とても眠れないと思いながら、亮子はベッドに入り目を閉じた。体は眠りたいのだが頭の芯が興奮していて、まどろんでは意識が戻り、目覚めてはまたまどろみ、眠っているのか起きているのか自分でも分からないような状態だった。

夢を見た。夢か現実か分からないほどはっきりした夢だった。

ドアがガタガタと鳴っていた。誰かが部屋に入ろうとしている。亮子はベッドの上に体を起こし、和泉に電話した。

「はい、和泉です」

眠っていたのか、和泉は寝ぼけているような声をだした。

「すいません、私です」

亮子は携帯電話に口を付け、小声で話した。

「はい？　誰ですか？」

「麻生です」

「えっ、麻生さん？　どうしたんです」

麻生と聞いて、和泉は飛び起きたようだった。

「外に誰かいるみたいなんです」

「外に？　すぐ行きます」

和泉が答えた。

部屋の外に人の気配がした。亮子は足音を立てないようにドアに近づき、チェーン錠が掛かっていることを確認した。

もし、誰かが鍵を開けようとしたら、大声で助けを呼ぼう。叫べば逃げて行くだろう。

そしてこれで、と懐中電灯を手に取った。ドアが開いた瞬間、光を当てて犯人の顔を確認するつもりだった。

心臓の鼓動が速い。亮子は叫びだしそうになるのを何とか我慢していた。

階段を駆け上がる足音が聞こえてきた。

「チッ」と小さな舌打ちが聞こえ、ドアの前から人の気配が消えた。

「麻生さん」

和泉がドアを叩いた。

「はい」

亮子は電気を点け、ドアを開けた。

「ああ、よかった。だいじょうぶですか」

ドアの前には、汗びっしょりの和泉が立っていた。

「和泉さん」

ここで目が覚めた。目覚めたとき、亮子は夢の中で和泉に抱きついている自分の姿を思い出し、顔が赤くなるのを感じていた。

第六章　暴走

1

木下由佳は、まぶしそうに目を細めた。

「いやんなっちゃうな」

思わず愚痴が出た。

快晴だ。日差しが肌に痛い。初夏は真夏よりも紫外線が強いらしい。日焼け止めクリームをもっと塗ってくればよかったと、由佳は後悔した。

黒い長靴に、背中に大きく「タツミバイオ」と入った黄色い作業着、そしてオレンジ色の作業帽。二十二歳の若い女性がする格好ではない。大学の友だちに見られたら一生からかわれてしまう。

農場の雑草取りと水やりだった。

「水は多めに端から端までキチンとまくこと、雑草はよく見てしっかり抜くこと」

主任の小笹は、毎日、同じ事を同じ口調で言う。由佳は小笹の禿げだした頭を思い出しながら、

「まったく」と小さく首を振った。

「やったふりして戻ろうよ」

由佳のすぐ後ろを山本早紀が歩いていた。早紀は由佳よりもさらにやる気がない。

二人は新入社員だった。タツミバイオの事務職。新宿本社を希望したのに配属は川崎の研究所になった。川崎と言っても、小田急線の生田駅から歩いて十五分以上もかかる畑の中だ。

新宿の高層ビルで働き、仕事帰りにおしゃれなレストランでワインを飲んで、休みの日には素敵な恋人とお台場辺りで遊んで……そんな想像をしていたのに、今は長靴を履いて手袋をし、ダサい帽子をかぶって草むしりをしている。

農業は会社の原点だ。お客さんは農家が多い。タツミバイオの社員は、何よりもまず農業を知らなくてはならない。配属初日に聞かされた所長の訓示だ。

化粧品会社は化粧の研修をする。靴墨の会社は靴磨きの実習をする。北海道で酪農体験をさせる乳業メーカーもあるらしい。農業関連の会社なのだから草むしりぐらいは仕方がないのかもしれないが、日に焼けると肌にシミができる。土埃で髪の毛がバサバサになる。家に帰ってシャワーを浴びても、肥料の臭いが体に染みついているようで気持ちが悪い。

「失敗したかな……」

由佳はつぶやいた。内定はいくつかとっていた。親に「一番大きな会社がいい」と言われて、タツミバイオを選んでしまった。

「これからはバイオの時代だぞ」

ウソばっかりだ。こんなことなら、ネットゲームの会社にしておけばよかった。大学で仲の良かった優香は、渋谷で毎晩合コンだと言っていた。

「由佳もおいでよ。ちょっとチャラいけど面白い人ばっかりだから」

ここの研究所には、研究オタクのような男ばっかりで、面白い人なんていない。

「高橋部長って人……」

早紀が後ろでぼそりとつぶやいた。

「えっ？」

由佳は振り返って早紀を見た。

「殺されたかもしれないって」

声が小さくなる。

「ええ？　そんなこと、誰が言ってるの？」

由佳もつられて声を潜めた。

「みんな言ってる。おかしいって、その……死に方が」

「そうなの」

高橋はミイラになって死んだ。猟奇的な事件だ。高橋の遺体を見つけた社員には、事件のことを軽々しく話さないようにと会社から口止めされていたが、酒が入れば口は止めようがない。高橋の死はただの病死ではない。会社では誰もが噂していた。

ただ、この二人は部長がミイラになって死んでいたとは知らなかった。もし知っていれば、草取りなどせずにとっとと会社を辞めていただろう。

「殺されたって、強盗とか？」

由佳が言うと、早紀は首を振った。

「奥さんとか？」

早紀はもう一度首を振り、

「小野っていう会社の人が殺したんじゃないかって」と言った。

「小野さん……」

二人は、まだ小野に会ったことはなかった。

「警察が電話してきたって、友加里さんが言ってた」

大野友加里は、二人の先輩だった。

「そうなんだ」

「それでね……」

「なに？」

「その小野って人、もうすぐここに配属になるんだって」

「ええ！」

由佳は思わず大きな声をだした。二人は周りを見回した。

「それホント？　こわ」

「だよね……。友加里さん、昔その人振ったことがあるんだって。恨まれてたらどうしようかなって」

背が低く、猫背でダサいメガネをかけ、白衣を着て、顕微鏡ばかりのぞいている。研究オタクの独身男。早紀は話しながら、友加里が言っていた、ひどく歪んだ小野の人物像を思い浮かべていた。

「辞めようかな、ここ」

由佳がつぶやいた。

「だよね」

早紀が相づちをうった。

とりあえず、まだタツミバイオの社員だ。草取りと水やりをしなくてはならない。二人は、長靴を引きずるように重い足取りで歩いていった。農場が近づいてくる。建物の角を曲がると視界が開けた。

「ええっ？」

二人同時に声が出た。歩みが早くなる。

「あれっ？」

由佳は首をひねった。目の前に広がっているのは、緑の畑ではなく、茶色い土だけだった。昨日までは確かに緑の植物が広がっていたはずだったなのに。

誰かが収穫したのか、それとも、他の作物に植え替えようとして、どこかに捨てたのか。

「ええっ？」

近づいて見ると、焦げ茶色の土の上には、カラカラに干からびた植物の死骸が散らばっていた。もしかしたら、私のせい？　と由佳は心配になった。

昨日、面倒くさくて、水をしっかりあげなかったせいで、枯れてしまったのでは……。川崎は砂漠ではない。昨夜、気温は十五度だった。数日、水を忘れた程度で畑の植物は枯れはしない。不まじめな新入社員に罪はなかった。

何だろう？

急にゾワゾワと毛が逆立つような気がしてきた。本能の警告。「今すぐ逃げろ」と原始の脳が教えている。

「本当に辞めようかな……」

由佳がつぶやき、早紀がうなずいた。

遺伝子組換えした収穫量が多い大豆。タツミバイオが研究していた大豆は、一晩で全て枯れていた。

2

「私は、親しくなくて。ほとんど彼女とは、話したことも」

佐竹の質問に、准教授の川合がボソボソと答えていた。

「研究室が同じと言っても、私は准教授で彼女は助手でしたから、立場が違うし、研究内容も」

佐竹は腕を組んで、川合をにらみつけていた。大嫌いなタイプだ。陰湿で煮え切らない、運動嫌いの中年太り。ビールをチビチビと飲んで、ぐちぐちと人の悪口を言うような奴に違いない。

佐竹は、川合の不健康そうな二重顎を見ながら顔をしかめた。

「いろいろ悩んでいたような噂は聞きましたよ。まあ、お子さんを亡くして気の毒だとは思いますが、私には、その、あまり、関係が」

声が小さい。歯切れが悪く、言っていることに誠意が感じられない。聞いているだけでイライラしてくる。

「はっきり答えろ！」

佐竹は、怒鳴りつけたくなる衝動を何とか抑えた。

見てるだけで嫌になってくる。友だちはおろか、気楽に話す相手もいなそうだ。

時間のムダだな。

佐竹は窓の外に目をやった。今はまだ晴れているが、天気予報は「午後、にわか雨に注意」だった。傘は持っていない。早く帰ったほうが良さそうだ。

目の前の男は善人ではないだろうが、女を殺して真夜中の屋上から投げ捨てるほどの悪党にはとても見えなかった。そんな度胸は欠けらもないだろう。

准教授は教授と違い、自分の秘書がいるわけではないらしい。部屋も個室ではなく、数人の学生と一緒だった。ただ、佐竹と鈴木が部屋に入ったときには、学生は皆、部屋から出て行き、川合しかいなかった。

昨日から佐竹は小野をつかまえて、尋問しようと考えていたが、行き先が分からなかった。朝、タツミバイオに電話をかけたが小野は出社していなかった。一週間、休みをとっているという。会社から伝えられた携帯電話にもかけてみたが、すでに使われていなかった。

「どなたか、親しい方はいらっしゃいませんか」

佐竹は聞いてみたが、

「さあ」と言うだけで、小野の居場所は全くわからなかった。

「逃げたか」と佐竹は思った。

どうやら麻生亮子のアパートに忍び込んだのは、小野という男らしい。気づかれたと思って、逃げだしたのだろう。

タツミバイオには、小野と連絡がとれたら電話が欲しいと伝え、佐竹と御巫は東応大学の研究所に来て、准教授の川合に話を聞くことにした。

川合が丸山の死や、麻生圭子の自殺に関係があるという証拠は何もなかった。

麻生圭子がいた研究室の教授が片山だった。助手が死んだ丸山と麻生圭子。そして、准教授というのが川合だった。

教授の片山とはすでに話していた。片山は事件とは無関係に思えた。来年、定年を迎えるらしい。関心は定年後の再就職だけで、麻生圭子の研究には何の興味もないようだった。あとまだ話を聞いていないのが准教授の川合という男だった。

とりあえず会って話せば、何か感じるだろう、と佐竹は思って研究所に来た。

彼女の死が自殺ではなく、川合が関与していたとすれば、話せば何か反応があるはずだ。相手は天才詐欺師でも、シリアルキラーでもない、ただの大学の先生だ。何かやったのか、やってないのか、その程度は判断できると、佐竹は思っていた。

「はあ」と佐竹はため息をつき、

「どうも、お時間を取らせてすみませんでした」と言った。どうやらムダ足だったようだ。

「あっ、どうも」

川合は髪の薄くなった頭を下げた。

佐竹は、

「はっきりしろ」と川合の頭を思い切り叩きたい衝動を何とか抑えた。

「ありがとうございました」

帰り際、一階の事務室に声をかけたが、返事は帰ってこなかった。警察は研究所に嫌われているようだ。

「川合先生にお話をお聞きしたいのですが」

御巫が警察手帳を見せながら、研究所の受付で言ったときも、あからさまに嫌な顔をされた。

二階に上がり、廊下を歩いていても、すれ違う学生や職員が、二人を避けるような態度をとった。中には二人の姿を見ると、足早に部屋に逃げこみ、これ見よがしに音を立ててドアを閉める職員もいた。まるで、麻生圭子と丸山の死の責任が警察にあるみたいな態度だった。

建物から出ると、佐竹は麻生圭子が自殺した屋上を見上げた。研究所に来るのは三度目だったが、来るたびに彼女の自殺は信じられなくなってくる。

「金だろうな」

佐竹はつぶやいた。和泉の話が正しいとすると、彼女の研究は相当の価値があるようだ。何をしても手に入れたい奴がいても不思議ではない。

研究の価値に気づいた人間が研究データを盗もうとしてトラブルになり、自殺に見せかけて殺した。

どうだろう、あり得る話だろうか。関わっていたのは同じ研究室にいた丸山と小野だろうか。山口と小尾の二人が殺しの実行犯か。タツミバイオの部長、高橋は、役職から考えても直接殺害に関与したとは考えづらいが。

佐竹は珍しく真剣な顔で考えていた。

彼女が殺されたとして、高橋、山口、小尾、丸山の四人は誰が殺したのか。偶然、四人とも病気か事故で死んだとは考えられない。犯人は生き残っている小野か。小野が独り占めしようとして四人を殺したのか。それとも、まだ名前があがってこない誰かか。

しかし、誰が殺しているにせよ、ミイラにする理由が分からない。まさか、彼女の恨みを晴らそうとして、アフリカからの留学生が黒魔術を使い呪いでミイラにした、というのは違うだろう。それではただのマンガだ。

「佐竹さん」

御巫が小声で言った。

「あそこ。和泉さんと」

御巫が中庭を指さした。

「ん？」

和泉と麻生亮子、二人の姿が中庭にあった。

「おい、やめとけ」

御巫が二人に向かって歩きだそうとするのを佐竹が止めた。

二人の前に小さな花束が見えていた。麻生圭子が屋上から落ちた場所なのだろう。そっとしてあげた方がいい。

「戻るか……」

佐竹は腕時計を見た。収穫は無しだ。ここにいても仕方が無い。

「おい、いくぞ」

まだ二人の様子を見ている御巫に、佐竹は言った。

3

「ありがとうございました」

亮子は柔らかな表情で和泉に向かって頭を下げた。和泉は二度三度とゆっくりうなずいた。

「ほっとしました。ずっと心に引っ掛かっていて……」

植木の前に花束が置かれていた。研究所の中庭。姉が倒れていた場所だった。

小さな花束だった。姉の死から二ヵ月が経っていた。あまり大きな花束を置くのもためらわれた。

一度は行かないと、と思いながら、亮子は研究所を訪れることができなかった。

ショックがあまりに大き過ぎて、足を運ぶことができなかった。職場復帰を決めてからは、いろいろあって時間がとれず、日が経つとさらに行きづらくなった。

和泉が同じ研究所にいると聞いて、亮子は一緒に行ってくれるように頼んだ。「花房」で花束を作ってもらい、研究所に来た。姉が倒れていたという植木の下に花束を置き、膝を折り、目をつぶって手を合わせた。

亮子は小さなため息をついた。少しだけだが気持ちが軽くなった気がした。

和泉がいてくれて本当によかった、と亮子は改めて思った。

「ここで働いていたんですね」

亮子は研究所の建物を眺めた。

中庭には小さな噴水があり、花壇も手入れがよく行き届いていた。建物は古そうだが落ち着いた良い雰囲気の場所だった。

「研究室には行かなくてもいいですか？」

和泉が聞いた。

「そこまでは。ご迷惑でしょうから」

亮子が言った。

「そうですか」

「今日は、本当にありがとうございました」

亮子が和泉に頭を下げた。

「いや、僕は何も」

和泉は照れくさそうに頭をかいた。

「僕は、ちょっと研究室に顔を出してきますけど」

和泉が言った。

「私も、帰って準備をしないといけないので、いろいろあって遅れていて」

空き巣に入られた部屋は整理したのだが、学校の準備が遅れてしまった。

誰が部屋に入ったのか分からなかったが、交番の警官が見回っていた、鍵は二重にし、和泉の電話番号を知っている。特に不安は感じなかった。

「門まで送ります」

和泉が亮子と並んで歩き出した。

「広い場所ですね」

亮子は辺りを見回しながら言った。農業大学の研究施設らしく、敷地の中には畑や田んぼ、ビニールハウスなどが広がっていた。栽培されているのは、高温の気象にも耐えられる作物や病害虫に強い作物など、地道に長い年月をかけて品種改良が繰り返されていたものが多かった。

時代の流れで、遺伝子組換えが行われた作物が植えられている圃場もあった。

二人が歩いて行く先に、植物園が見えていた。植物園の前で小学生が整列していた。四年生か五年生ぐらいに見えた。数は三十人ほど、最近は子どもの数が減っているので、学年毎に一クラスしかないのかもしれない。

「今日は好きな花の写生をしてください。学校に帰ったら自分が写生した花のことを調べましょう」

生徒たちの前で亮子ぐらいの歳の先生が説明していた。真面目に聞いている子は三人ぐらいで、あとはめいめい勝手におしゃべりしていた。

「長田君、先生の話、聞きなさいよ」

クラス委員だろうか、女の子が騒いでいる男の子を注意した。

「なんだよ。俊夫が足蹴ったからだろ」

「オレじゃねえよ」

亮子は頬をゆるめた。小学生はみんな同じだ。先生の話なんてまじめに聞くわけがない。

「ここの植物園。よく、小学生が見学に来るんですか？」

亮子が和泉に聞いた。

「えっ？　さあ、僕は小学生のことは詳しくないので」

亮子がエッという顔で和泉を見ると、和泉は、「中の植物なら詳しいですけど」と付け加えた。

亮子は和泉の答えがおかしくて、微笑んだ。

「いや、ぼく、何か変なこと言いました？　時々、いろんな人に笑われるんですよ。普通にしゃべってるつもりなんだけど」

植物の観察は得意でも、人間観察は得意ではなさそうだ。自分とは全く違うが、なぜかこの人と一緒にいると気持ちが軽くなる。

植物園の先に門が見えていた。

「ここで、だいじょうぶですから。今日はありがとうございました」

亮子が和泉に頭を下げた。

「いいえ、あの」

和泉は何か気の利いたことを言おうとしたが、言葉が浮かんでこなかった。

4

東応大学、バイオ研究所の第三圃場で異変が起きていた。栽培していた遺伝子組換えのトウモロコシが全て枯れてしまった。

大学院生の大山信夫は、同じ研究室の南果歩から、畑に何もないと言われ、びっくりして第三圃場に駆けつけていた。

朝、見回った時には確かに畑一面、緑だった。あれから、まだ三時間しか経っていないのに、畑から緑が消え、茶褐色の土だけになっていた。

研究所に圃場は三ヵ所あった。第一圃場は主に稲だった。今は気候変動に強い稲が研究されていた。第二圃場が野菜。病害虫に強い様々な種類の野菜が植えられていた。そして第三圃場は、遺伝子組換えの作物だった。

「ねっ、何もないでしょ」

果歩が大山の横に来て、言った。

「そうだね」

トウモロコシは腰のあたりまで成長していた。誰かが抜き取ったのだろうか。大山は首を傾げた。研究を中止するという連絡は受けていない。

大山は屈んで土を手にすくった。

土はカラカラに乾燥していた。湿り気が全くなく、風が吹くと、手からサラサラと舞い落ちていった。

背中に寒気を感じた。もしかしたら、大変なことが起きているのではないか。

上の人に知らせないと、と大山は思った。気が付くと、果歩の横で、同じ研究室の助手飯島が立ち、腕を組み、真剣なまなざしで畑を見ていた。振り返るとさらに数人、研究所の人間が圃場に向かって歩いてくる姿が見えた。異変の噂を聞き、圃場の様子を見に来たらしい。二人、三人、四人と人の数は次第に増えていった。

和泉は亮子と別かれ、研究室に向かって歩いていた。前から吉野由美が小走りでやって来た。裕美は和泉と同じ研究室の助手だった。

「吉野君」

和泉が声をかけた。

「あっ、和泉さん」

裕美が立ち止まった。

「どうしたの？　急いで」

「枯れてしまったみたいなんです」

「枯れた？　何が？」

「圃場です。何だか様子がおかしいって。変な病気かも」

「圃場って、どこの？」

「第三です」

「第三？　そこって、遺伝子組換えの？」

「ええ。だから何かあると、ちょっと問題かもって」

「そうだね」

和泉は向きを変え、裕美と一緒に圃場に向かって歩き始めた。

「佐竹さん、あれ」

御巫が、圃場に急ぐ和泉の背を指さしていた。

何だろう？　背中から緊迫した雰囲気が伝わってくる。

行きます？　と御巫が佐竹を見た。佐竹がうなずくと、二人は和泉の後を追いかけていった。

亮子の横を佐竹と御巫が走りすぎて行った。亮子が振り返ると、和泉の背中が見えた。佐竹と御巫が和泉を追いかけていく。何か、起こっているらしい。亮子も同じ方向に歩き出した。

第三圃場の前には、多くの人が壁のように並び、畑を見つめていた。和泉のボサボサの頭が他の人よりも頭一つ飛び出していた。

何を見ているんだ……。

佐竹は和泉の横から畑をのぞいた。

「えっ？」

何も無い。目の前には、ただ茶色い土が見えるだけだった。

周囲の畑や田んぼには植物の緑が見えている。目の前の一角だけ何も植えられていない畑なのだが、土がそれほど珍しいのだろうか。

風が吹き、畑から土埃が舞い上がった。畑はわずかな風でも土が舞うほど、カラカラに乾燥していた。

数日前に雨が降ったはずだ。なのにどうして、こんなに乾燥しているのだろう。

よく見ると、土の上には干からびた植物の葉や茎が散らばっていた。

「佐竹さん……」

御巫が何か拾い上げ、佐竹に見せた。

「これって……」

御巫の手の平に載っていたのは、あの葉だった。

「同じ……」

「ああ」

嫌な雰囲気だ。また葉だ。

和泉が真剣な目つきで、御巫の手に載っている葉を見つめていた。

電話の着信音が鳴った。御巫の携帯だった。着信はアニメの主題歌だった。いつもなら、佐竹は「バカ野郎」と小さく舌打ちをするのだが。今は、その変に明るいメロディがかえって不気味さを増大させていた。

「はい。御巫です……」

御巫が出た。

「はい、えっ、そうですか。ええ、分かりました。はい。千葉県警の富田警部補。知ってます。ええ……」

御巫の顔がみるみる深刻になっていった。

「はい。詳しいことが分かったら。また、ご連絡ください」

電話が終わった。

「どうした」

佐竹が御巫に聞いた。

「千葉で、またミイラです」

「ミイラ……それは……」

「小尾って言う、マッサージ機でミイラになっていた男の知り合いじゃないかと」

「小尾の知り合いか……」

「二件」

「二件？　二人ってことか？」

「ええ、らしいです」

「まてよ、おい、それって」

「何だかまずいですよね」

「ごくり」と佐竹が唾を飲みこんだ。音が聞こえるようだった。

第七章　植物園

1

地球を支配しているのは、人間である。多くの人は、そう信じている。地球温暖化、海洋汚染、砂漠化、生物多様性。様々なスローガンを掲げ、人類は地球の支配者なのだから、地球のために責任ある行動をしなくてはならない、と声をあげる。

果たして、本当にこの地球は人間が支配しているのだろうか。

ニューヨークやロンドン、パリ、東京といった大都会に住む人々は、毎日、コンクリートの建物にアスファルトの道路、渋滞の車、無数の人々の群れを見て過ごしている。このような光景を毎日眺めていれば、世界中いたる所で人があふれ返っている、と思い込んでも不思議ではない。

しかし、都会から一歩外へ出れば人が住んでいる場所は、割と限られていることが実感できる。世界の七割は海である。残りの三割のうち、森林が三割、砂漠が二割から二割五分を占める。これに湖、沼、河川などを含めると、人が住める土地、可住地は、陸地の二割程度に減ってしまう。さらに周囲の地形や気候などを考えると、現実的に人の住める土地は陸地の一割程度だろう。

加えて世界中で都市化が進み、人は都市に集まるようになっている。日本でいえば、九割の人が都市に住み、都会を少し離れると、人の姿が見えない場所が広がっている。広大な国土を誇るロシアやカナダでは、隣の町まで何百キロも離れている、などということが珍しくない。

人のいない土地には、何もないのだろうか。いや、アリはどこでもいる。バッタが飛び、チョウが舞い、地中にはミミズがいて、小川でメダカが泳いでいる。イノシシやシカ、サル、ネズミ、スズメ、カラス、生物の種類を数えだせば切りがない。

土の上には、草が生えている。木が枝を伸ばし、葉を茂らせ、林や森を形成している。地球に暮らす全生物の総重量のうち、少なくとも八十パーセントは植物だと言われている。

我々は、植物を風景の一部としか見ていないが、植物は当たり前だが生物である。

六億年前、植物と動物は共通の祖先から別れ、異なる進化の道を歩みだした、と考えられている。動物は動き回り、植物は同じ場所に留まることを選んだ。

植物は人間が考えるよりもはるかに複雑である。植物は化学物質や微弱な電流を使って、周りの生物と情報をやりとりしていることが分かっている。地中でも膨大な根のネットワークを作って、情報をやり取りをしている証拠が集まりつつあるようだ。

クラシック音楽を聴かせると野菜がよく育つとか、毎朝声をかけてあげるときれいな花が咲くとか、「合理的」な人は信じないが、愛情をかけて育てると、植物もそれにこたえてくれることは多くの人が気づいている。

植物というと、緑、森林浴、平和などのイメージだが、植物に憎しみはないのだろうか？　敵が来れば、植物も憎しみや殺意を持つのではないか。

毒を持つ植物は多い。食虫植物は、昆虫を殺して栄養にしている。昆虫だけではなく、小動物を栄養源にしている植物もいる。

人食い植物というと、いかにもB級ホラー映画が好みそうな題材だが、火の無いところに何とかというように、どこかの奥地では、実際に植物に食われた人間がいたのではないか。

古来、森は不気味なものとして描かれている。木が襲ってくるイメージは、想像ではなく、実体験なのかもしれない。

2

夜が明けてきた。カーテン越しにも、外が明るくなってきたのが分かった。

モディはいつもより早く目を覚ました。いや、昨夜はよく眠れなかった。眠れないのは生まれて初めてだった。両親が大喧嘩をして父親が家を出て行った夜も、目を閉じればすぐに眠りに落ちた。

それが、昨夜は次々と思い出が浮かんできて熟睡できなかった。ウトウトぐらいはしたかもしれない。頭の中に現れる映像が、夢なのか自分の記憶なのか区別できなかった。

何度も母が出てきた。モディの母はインド人だった。父親は中東系の血が半分入ったイギリス人で、二人は英国の大学で知り合い結婚した。

父親は外国への出張が多く、数ヵ月帰ってこないのも珍しくなかった。父親はいつも酒臭かった。二人は喧嘩ばかりしていて、モディが高校二年の夏、とうとう両親は離婚した。

モディが大学に入った年、母はイギリスを離れ、生まれ故郷のインドに帰ってしまった。手紙は時々来た。絵葉書だった。タージマハル、アグラ城、ガンジス川、アジャンタ、エローラ、風の宮殿。言葉は少なかった。

「元気でやっているか」「母は変わりない」

「食事には気をつけなさい」「神様を信じなさい」

モディもたまに返事を書いた。

「だいじょうぶ。元気でやってる」「お母さんも元気で」

母はデリーに住んでいた。整然としたニューデリーではなく、混沌としたオールドデリーだった。母親の実家は裕福な家系で、ニューデリーで快適な生活をおくることもできるはずなのに、オールドデリーでエアコンもない部屋で暮らしていた。イギリスから離れたのは、ロンドンが嫌になったのではなく、近代的な生活に疲れたのかもしれなかった。

モディも一度だけ、インドに行ったことがあった。母の様子を見て、その後、二ヵ月ぐらいかけてインド大陸を一周する予定だったのだが、一週間もたたずに、逃げるようにロンドンに戻ってしまった。

水が合わず、腹を下した。尿と汗とカレーが混じった臭いに我慢できなくなった。牛が寝ていた。死体がガンジス川を流れていた。ロンドンが好きなわけではない。どちらかと言えば嫌いだ。

イギリスに戻っても、またすぐ離れたくなる。

幼い時から友達はいなかった。高校も大学も苦痛だった。ベンチに一人座っている自分の姿が浮かぶ。

ミイラになったジョーが出てきた。目玉のない暗い穴だけの目で自分を見ていた。

「やあ、モディ。元気か。戻ってこいよ。あの植物が待ってるぞ」

どうしてこんなことを考えるのか?

あの長老の言ったように、植物の呪いだろうか。また、ロンドンに逃げようか。インドから逃げたように。アフリカから逃げたように。日本から……。

いや、逃げても、また追いかけてくる。あの植物は、どこまでも追いかけてくる。あれは、きっと自分の心の奥に巣くう暗い記憶なのだ。あの植物ともう一度会おう。ミイラになるかも知れないが、向き合わないと、この先も永遠に逃げ回るような人生になる気がした。

3

年月を感じさせる木のテーブルが置かれていた。壁には北欧風のランプが飾られている。コーヒーミルとコーヒーサイフォン。昭和を思わせる喫茶店に、和泉、亮子、佐竹、御巫、そして英子の五人が集まっていた。約束したわけではない。同じテーブルに座っているのは偶然だった。

店は花房と同じ商店街にあった。以前は「純喫茶・白薔薇」という店名だったのだが五年前、

「カフェ・ローズ」と改名した。

英子は毎朝、この喫茶店でモーニングセットを食べるのを日課にしていた。トーストとゆで卵、サラダが少々。トーストにはバターとジャムが付いていた。

日当たりの良い窓際が英子のお気に入りだった。

セットが英子の前に運ばれてきた。英子は深く息を吸い、コーヒーの香りを楽しんだあと、カップを口に運んだ。トーストに手を伸ばしたとき、和泉が現れた。

「しばらく、休んでもいいですか」

和泉が英子の席に来て、唐突に言った。

「えっ？」

英子は一瞬、何の話か分からなかった。

和泉が働きはじめるより前、花房では元々アルバイトを一人雇っていたのだが、その女性が臨月になり休みをとった。店は忙しいわけではない。とはいえ当時、英子一人で回すのは難しかった。アルバイトの女性は、「出産して、落ち着いたら戻りたい」と言っていた。新しく誰かを雇うにしても、短かければ三ヵ月程度かもしれない。どうしようか迷っていたところに、和泉が、「それなら、僕が手伝いますよ」と言ってくれたのだった。

「また、どこかへ行くの？」

英子が聞いた。和泉は日本にいる方が珍しい。

「いいえ。ただその、いろいろと」

和泉にしては、歯切れが悪かった。

「ちょっと座ったら。ここのコーヒー、おいしいわよ。朝はセットになってるし」

英子は手の平で向かいの席を勧めた。

「マスター。セット一つ。お願い」

和泉のコーヒーが来る前にドアが開き、亮子が店に入ってきた。

「あら。あなたたち、もしかして待ち合わせ？」

英子が和泉に言った。

「えっ」

和泉が入口に目をやり、「いいえ。そんな」と慌てて否定した。

亮子は軽く会釈をして、二人のテーブルに向かって来た。

最後が佐竹と御巫だった。店内にコーヒーとトーストの匂いが満ちていた。

「私もモーニングセットで」と御巫が座りながら言い、

「じゃあ、オレも」と佐竹が続けた。


佐竹は昨日、千葉の富田に電話をかけ、新しく見つかったミイラの情報を確認していた。ミイラは二体だった。身元はすぐに分かった。山井淳次と大沢大樹。遺体は大沢の部屋で見つかった。部屋の様子から、二人でアダルトビデオを見ながらビールを飲んでいたようだった。

二人は大阪で高齢者を狙った詐欺を繰り返していた。大阪にいられなくなって、東京に逃げてきたようだ。

アパートの住人の証言によれば、深夜まで大声が聞こえていた。酒を飲んでいたのがミイラでなければ、半日ほどでミイラになったことになる。

「小尾の知り合いらしいです。あの、マッサージ機の上でミイラになっていた」

富田が言った。

「ああ。そうですか」

最後に、富田は、

「見ますか？　ミイラ」と聞いてきた。

「いや、結構です」

佐竹はあわてて断った。


ミイラが増えていく。増えるペースも上がっているようだ。小野は見つかっていない。自宅にも戻っていない。会社にも連絡はない。とりあえず和泉の話を聞こうかと、佐竹は御巫と「花房」に向かった。喫茶店の前を通りかかった所で、御巫が店の中に和泉の姿を見つけた。

四人、暗い顔で押し黙っていた。

「大変なことなの？」

英子が和泉に聞いた。何もなければ、こんな朝に集まるわけがない。

「ええ……まあ……」

何を言えばいいのか、和泉は言葉に詰まった。作物が枯れていた。大学の圃場だけではない。国の農業研究所、企業の農地でも、組換え遺伝子の作物が枯れてしまったようだ。

何かが起こっているのは確かだ。ただそれが、ミイラの事件と関連があるのかないのか、麻生圭子が完成させたという「花」につながっているのかどうか、何も分かっていない。

和泉は横目で佐竹を見た。佐竹は小さく首を振った。和泉から答えを振られても、何も言えるはずがない。あまりにも荒唐無稽すぎる。麻生圭子の死とミイラがつながり、そこに「花」が関係してくる。そんな話を誰が信じるというのだろう。

亮子は、和泉の顔を見つめていた。大学の枯れた圃場の前で立ち尽くしていた和泉の様子が頭に残っていた。

白衣の女性が和泉と話していた。

「和泉さん。何だか、変なんです。さっき、農業試験所で栽培している作物が枯れているって連絡が……」

「枯れてる……」

「他にも、大学の研究所やバイオ企業の農地とか、報告がどんどん増えているンです。何が起きてるのか不安で」

「もしかして、みんな遺伝子組換えの」

「ええ……」

会話が耳に入ってきた。

「まさか……そんなことが、いやあり得るか。考えられないな」

和泉のつぶやきが聞こえてきた。

「姉のせいなんですか」

言葉が浮かんだが、言い出せなかった。不安が押しよせてくる。亮子は胸の前で腕を抱えていた。

姉のせいだろうか。姉の研究が全ての原因なんだろうか。考え出すと、心が押しつぶされそうになる。


「これから、どうするの？」

英子が聞いた。何が起こっているのか見当もつかなかったが、四人の雰囲気から、大変なことが起こっていることは分かった。

「花を探さないと……」

和泉がうつむいたままで言った。

「花？　花って」

和泉も佐竹も亮子もうつむいてしまった。

どうやら、花屋の花とは違うらしい。

「探すって、どこを？」

和泉は、しばらく考えてから、

「植物園……」とつぶやいた。

佐竹がゆっくりうなずいた。

人を隠すなら人の中に、花を隠すなら花の中に……。

植物園……。英子は、もう質問するのを止めた。何が起こっているのか全く分からなかったが、四人の様子を見ていると、簡単なことではない。それだけは分かった。

和泉がトーストを食べ終わった。

「行って来ます」

和泉が立ち上がった。

「佐竹さん」

御巫が佐竹を促した。

佐竹はため息をついた。少し吐き気がする。

「まあ、そうだな」

一応、刑事だ。事件からは逃げられない。

「私も行きます。姉の花のせいなら、私にも、関係が……」

亮子が言った。固く握られた手が、血の気を失くし白くなっていた。

「お金は私が」

英子は無理やり笑顔を作った。

「わるいな」

佐竹が英子にうなずいた。

すでに、和泉は店から出て行くところだった。御巫が残ったトーストを頬張った。亮子が和泉の後を追い、佐竹がドアに向かって行った。

四人が店から出ていった。英子はため息をつき、残ったコーヒーを飲んだ。コーヒーは冷めきっていた。

4

小野は、月島駅近くのビジネスホテルにいた。リバーイン月島。老舗と言えば聞こえは良いが、ネオンサインが半分消えている古いホテルだった。

小野は、もう一度亮子のアパートに行っていた。逃げ出したのは、机を調べている途中だった。開けてない引き出しがいくつか残っていた。あそこに、何か入っているのではないか。小野は諦めきれず、アパートまで戻った。空き巣に入られた部屋だ。若い女性なら、気味が悪くて、友だちの家にでも泊まりに行くのではないか。部屋の明かりが消えていたら、もう一度入って探そう。今度こそ見つかるはずだ。小野は病んだ精神で考えた。

亮子の部屋の明かりを確認しようと顔を上げたとき、警官の姿が見えた。アパートの周辺をパトロールしている巡査だった。

小野はあわててアパートから離れた。

時間が経ち、次第に興奮が冷めてくると、怖くなってきた。亮子とおかしな花屋の男に後ろ姿を見られた。多分、部屋に入ったのが自分だとバレただろう。

警察が自分を逮捕に来るのでは、と心配になってビジネスホテルに逃げた。知らないと言い張ればだいじょうぶだろうか。亮子の部屋に何か証拠を残してきたかもしれないが、何度も訪ねている、その時に落としたと言えばどうだろう。

例え罪に問われなくても、会社を首になってしまえば人生は終わりだ。

眠れない。食事もとっていない。ストレスで空腹を感じなかった。

会社に電話をした。遠方の親戚が亡くなり、葬儀のために一週間ほど休むとウソをついた。電話の最後に、事務の職員から、

「警視庁の佐竹警部補とおっしゃる方から、電話をいただきたいということです。電話番号をお伝えしますので、よろしいですか」と言われた。

小野は警察と聞いて、思わず電話を切ってしまった。

もうダメだ。会社まで警察が来たようだ。

どうする、どうすればいい……。

無精髭が見えていた。髪が乱れている。眠っていない。目が血走っていた。

携帯電話が鳴った。小野は体をビクっと緊張させた。

誰だ、警察か。

小野はビクビクと電話にでた。

「私です」

暗く陰気な声が聞こえてきた。

「ああ、川合さん」

准教授の川合からだった。

「見つかりました？　データ」

麻生圭子の研究データのことだ。

「いえ、まだ」

「妹の部屋、探しました？」

「ええ、まあ、探しましたよ」

「よく、探しました？」

「探しましたよ。探しました」

小野は川合の言い方に腹が立った。

「それほど言うなら、自分で探したらどうです。こっちは、泥棒のまねまでして探しているんだ。

そっちは、大学でのんびりしているだけだろ。捕まったらマズイのはこっちなんだからな……なに？　丸山が死んだ？　どうして？　知らないよ。私のセイだって、ふざけるな」

小野は珍しく大声を出した。

川合は、助手の丸山が死んだことや警察が自分を訪ねてきたことなどを話した。

「もう止める。私は降りる。ああ、金も出世もいい。おかしな夢を見ないで、地道に研究をしていればよかったんだ。お終いだ。部長も死んでしまったし……えっ？　……ああ……名誉？　こんなことまでして、名誉も何もないだろう」

電話口の向こうで、川合が小野をなだめようとしていた。

麻生圭子が死に、部長の高橋も助手の丸山もいなくなった。彼女の研究を知っているのは、もう小野と川合の二人だけになっていた。

「あと少しじゃないか。研究データさえ見つかれば、君はノーベル賞級の栄誉を手にすることができる。僕はタツミバイオに入れてもらえるだけで良いんだ。栄誉は全て、君の物だから」

本音ではない。しかし今、小野に降りられると川合には何も残らない。警察の様子から、自分はまだ疑われていないようだ。データさえ手に入れば、他の会社に持ち込んで逃げてもいい。

「いや、もういい。お終いにする」

小野が言った、

「小野さん。一度、ゆっくり話し合いましょう。あなたが、止めたいというならそれでもいいから。この後のことも含めて話し合いましょう」

川合は精一杯、穏やかな声を作った。

「ええ、まあ……そうですね」

話し合うことは悪くない。

「今日はどうです。よければ大学で」

川合が言った。

「ともかく、落ち着いて冷静に話し合いましょう」

「分かりました……」

小野はため息をつきながら携帯電話を切った。

「冷静に、話し合いましょう」と川合は言っていた。一体、何を冷静に話すと言うのか。

まさか、これまでの経緯を正直に亮子に説明して分かってもらおう、などということはないだろう。

あいつは何かを隠している、オレに言えないことがあるに違いない。小野は川合のずるそうな顔を思い浮かべた。

麻生圭子が自殺し、高橋と丸山が死んだ。彼女の研究を知っているのは、あとは川合と自分の二人だけだ。川合が二人を殺して、研究を独り占めしようとしているのではないか。

自分を使って、彼女の研究を手に入れ、最後に捨てるつもりかもしれない。殺して、独り占めにしようとしている。もしかしたら、麻生圭子も川合が自殺に見せかけて、殺したのかもしれない。いや、まて、どうだろう。そこまでは……。

ずるい男だが、人を殺すほどの悪人ではない。中年太りで、少し歩いただけで肩で息をするような男が三人を殺したとは、とても思えなかった。

ともかく、会いに行くか。小野は椅子から立ち上がった。立ち上がると目眩がした。眠っていない。小野は洗面所に行き、鏡に自分の顔を映した。

ひどい顔だった。小野は顔を洗い、洗面所に置かれていた髭剃りで髭を剃った。
顔を洗い、髪を整えると、少し気分が晴れるような気がした。

5

電車を待ちながら佐竹は、この事件が終わったら転職をしようかと、真面目に考えていた。警備会社に転職した同期がいた。去年、同期会で飲んだ時、隣に座り、話を聞いた。警備会社も楽ではないが、刑事よりは恵まれている。給料もそこそこで、残業も少ない。なによりも気楽な気分になった、と言っていた。

喫茶店にいるときから、鳥肌が止まらなかった。何しろミイラだ。このミイラが無事に終わっても、次はゾンビかもしれない、その次はバンパイアか殺人ロボットか。何だかこの国はおかしくなっている。

佐竹は横を見た。御巫だ。少しは怖がってもいいはずなのに、御巫はいつもと変わらず携帯を見ていた。

おかしな女だ。これからの時代は、少し変わってないと刑事なんてやっていけないのだろう、と佐竹は思った。

御巫も、不安がないわけではなかった。しかし、あの「葉」の植物が犯人だったとしても、自分はだいじょうぶだろう、とおかしな確信があった。

御巫は、あの葉の一部をサボテン用の小さなポットに植えて育てていた。毎朝、声をかけている。少し、大きくなってきたようだ。猫も慣れてきたようで、机の上に置かれたポットを見ていた。植物はきっと、私に好意を持っているはずだ、と御巫は信じていた。

和泉は亮子に何度も戻るように言っていたが、亮子は一緒に行くと言って聞かなかった。

「でも必ず僕の言葉に従ってください。危ないと言ったら、すぐに逃げてください。いいですね」

和泉は、亮子に同じ言葉を何度も言っていた。亮子はそのたびに和泉の言葉にうなずいていた。

電車が来た。ドアが開き、佐竹は息を吐き、乗り込んでいった。

6

研究所に着いたのは、小野が先だった。

「小野ですが。今、研究所です」

小野は門を入ると、すぐに川合に電話を掛けた。

川合は、「分かった、すぐ行く」と言い、待ち合わせ場所として、研究所の植物園を指定してきた。

平日の午前中、植物園は閑散としていた。今日は、小学生の見学も入っていない。少々大声で話しても誰かに聞かれる心配はなさそうだった。

「植物園か……」

小野は電話を切り、つぶやいた。研究所の近くには気の利いたカフェもなかった。研究データを盗む話だ、学生食堂というわけにもいかないだろう。話し合うのは植物の話には違いない。男二人で植物園を歩くのは絵にならないが、まあ良い。小野にしても他に適当な場所は思い浮かばなかった。

朝は晴れていたが、湿った風が出てきていた。西に現れた雲が空一面を覆い、今にも雨が降り出しそうな雰囲気だった。

雨粒が顔に落ちた気がして、小野は歩を速めた。植物園に着いた。小野は後ろを振り返り、人の姿が無いことを確認すると、ドアを静かに開け、忍び込むように植物園の中に入っていった。

東応大学の植物園は大きな温室になっていた。温度は二十八度、湿度は八十パーセントに保たれ、熱帯のジャングルに近い環境が再現されていた。

外から見ると地味な建物なのだが、中に入ると予想外に天井は高く、横幅は広く感じられた。バナナやパパイア、パイナップルといった南国の果物も栽培されていて、室内には甘い香りが漂っていた。ブーゲンビリア、ハイビスカス、様々な種類のランなど、日本でもおなじみの色鮮やかな花が咲き、周りを見渡すと、一瞬熱帯の国に来たような錯覚を覚えた。

真夏の日本のような、じめっとした熱い空気が小野を包んだ。眼鏡が曇って前が見えなくなり、小野は眼鏡を外してハンカチで拭いた。

歩道はコンクリートで整えられていた。植物園によっては、ジャングルの雰囲気を出そうとして鳥や獣の鳴き声を流しているところもあるのだが、大学の研究所だ。ＢＧＭは流れていなかった。

静寂というわけではない。耳をすますと、虫の羽音や枯れ葉や草の間をゴソゴソと動く小動物の音が聞こえていた。

もちろん飼っているのではなく、どこからか勝手に入り込んで住み着いたのだろう。中には木や草について熱帯から運ばれてきたものもいるのかもしれない。

じっとしていても、サウナにいるようにジワリと額に汗が浮かび、背中も脇の下も汗がしみ出してきた。小野は上着を脱いで手に持った。腕時計を見た。十時五十分。職場は休んでいた。川合と会う以外用事はない。腕時計を見ても意味はないのだが、長年の習慣で時間を確認しないと落ち着かなかった。

7

川合が植物園に向かっていた。高血圧、高脂血症、尿タンパク、糖尿、心筋梗塞の恐れあり、長年の不摂生のせいで、年々健康診断の数値は悪化している。少し歩いただけで、心臓が苦しくなり汗が吹きだしてくる。

川合は額に浮かんだ汗を手で拭った。ハンカチを忘れた。いや、元々持っていない。研究室にいるときは、いつ洗ったか覚えていない薄汚れたタオルで汗を拭いていた。

丸山が死んだ。山口も死んだらしい。そしてどうやら、あの蛇のような目をした男もだ。

二ヵ月前、あの夜、あの部屋にいた人間が次々に死んでいく。死んだのが偶然とは思えない。誰か知っていたのか？　あの夜のことを。麻生圭子を殺した、氷雨の夜を。

復讐だろうか？　だとしたら誰がやっているのか。彼女の死を知った身内の恨みか。彼女の夫はすでに死んでいる。新しい恋人でもいたのか？

他の理由か？　彼女の研究を欲しがっている者が殺したか。しかし、それでは山口や小尾を殺した理由が分からない。

タツミバイオの高橋部長が死んだらしいが、そっちはただの偶然か、いや……。

川合は繰り返し繰り返し考えてみたが、答えは出てこなかった。

研究所の縮小がなければ、何も起こらなかったはずだ。定年まで、ダラダラと研究をしているふりをしていれば良かったのだ。それが一年前、唐突にバイオ研究所の縮小が決まった。大学は、流行の人工知能や若者受けするゲーム開発などの学科を作るらしい。人工知能やゲームでは農業の知識は必要ない。

次の職の当てなどない。五十を過ぎて採用してくれる大学などあるわけがなかった。

食うためには働かなくてはならない。職業安定所に通う自分の姿が浮かんだ。

タツミバイオから来ていた小野が麻生圭子のデータを盗み見ていた。

川合は、小野に取引を申し込んだ。研究データを盗もうとしたことは、誰にも言わない。その代わりに、自分をタツミバイオの研究所に入れて欲しいということだった。

小野は上司の高橋に相談した。高橋は研究データと引き替えなら、と承諾した。

高橋はずうずうしくも、

「論文を出すときには、俺の名前も書くように」と小野に言ったようだ。

あの夜。川合と丸山は、彼女のパソコンから研究データを盗み出そうとしていた。時計は夜十二時を回っていた。二人は誰もいなくなった研究室で、圭子のパソコンを調べていた。パスワードは、あらかじめ丸山が盗み見ていた。

一つ一つファイルを開き、データを確認する作業は、考えていたよりもはるかに時間がかかった。

過去の論文や実験データなど、パソコンに保存されているファイルの数は膨大だった。ファイルの作成日時を調べ、新しいファイルから開けていったのだが、目的のファイルはなかなか見つからなかった。

「隠しファイルになっているのかも」

丸山がつぶやいた。

「隠しファイル？　分かるのか？」

丸山はうなずき、キーボードを叩いた。

「これですかね」

丸山がモニターを指さした。

「開けてみろ」

「ええ」

ファイルが開く。川合と丸山の注意はモニターに向けられていた。

「泥棒」

背中から声が聞こえた。

大声ではない。小さく、囁くような声で、闇の中から聞こえてくるようだった。

椅子に座りキーボードを叩いていた丸山は、一瞬で石になり、目を見開いたまま、動かなくなった。

川合はゆっくりと振り返った。そこには、髪は乱れ、頬が痩せこけ、暗がりに目だけが異様に光る麻生圭子の姿があった。

「泥棒」

もう一度。

おかしくなっている。瞬きをしていない。ゆっくり、揺れるように歩いてくる彼女を見て、川合は思った。

丸山は震えていた。

「泥棒」

声が大きくなった。

「泥棒。泥棒！」

彼女が叫び声を上げようとした、川合は飛びかかり口をふさいだ。

彼女が抵抗し、川合が押さえようとして二人はもつれて倒れた。

「ガツン」と彼女は机の角に頭を打ち、床に倒れた。

麻生圭子が動かなくなった。

「あ、麻生さん」

川合が彼女の体を揺すったが、ピクリともしなかった。

死んだ？　白目をむいていた。口からは沫《あわ》を吹いている。息は？　脈はあるのか？

川合は顔を近づけた。まだ、息はしているようだった。生きているとすれば、必要なのは救急車だ。打ち所が悪ければ命に関わる。急がないとダメだ。

どうする……川合は回らない頭で考えた。救急車を呼べば、研究データを盗もうとしていたことを話さなくてはならない。

謝れば許してくれるだろうか。彼女は「いいわよ」と水に流してくれるだろうか。

それはない。絶対にない。彼女は大学に言いつけるに決まっている。多分、いや、きっと警察に訴えるだろう。そうなれば自分の人生はお終いだ。

丸山は頭を抱え、ガタガタと震えていた。何の役にも立ちそうになかった。

突然、川合の頭に山口の顔が浮かんだ。

アイツだ……。

山口は高校時代の同級生だった。当時はそれほど親しいわけではなかったのだが、十年ぶりに出席したクラス会で、たまたま隣の席になり、昔のアイドルの話で盛り上がった。

クラス会の後、飲み屋に流れ、二人とも離婚していることや、ギャンブルと女で失敗したこと、さらには同じ持病があることなどを話しながら明け方まで飲んだ。

その後も何度か飲みに行き、一緒に競馬にも行った。

山口は雑誌に記事を書いていると言い、暴力団とも繋がりがあると自慢げに話した。

「まあ、いろいろな」

危ない橋も何度か渡ったとほのめかしていた。

酔っぱらいの話だ。悪がってヤクザの組長と知り合いだ、ぐらい言う奴はいくらでもいる。話半分か、千に三つか。真実は、せいぜいその程度だ。

それでも、アイツなら何か知恵を出すかもしれない、と川合は思った。金を出せば何でもやる男を知っているとも言っていた。

「何かあったら言ってくれよ」

川合は山口の言葉を信じたかった。金で済むなら、それが一番良い。

川合は山口に電話をかけた。事情を説明すると、山口は簡単に「分かった」と言った。

二十分もしないで山口は来た。二人だった。陰険な蛇のような目の男と一緒だった。小尾だった。

丸山は、ヤクザか、と川合は思ったが、どうやら違うようだった。

川合は落ち着こうと、部屋の隅に座り込んでブツブツとわけの分からない事をつぶやいていた。

川合は落ち着こうと、タバコに火を付けようとしたが、手が震えてライターに火がつかなかった。

「救急車を呼ぶしかないだろう」

山口が倒れている麻生圭子を見ながらつぶやくと、

「それはだめだ」と川合は慌てて言った。

「救急車は絶対にダメだ。大騒ぎになってしまう。何とかバレない方法を考えてくれ」

「そうだな……それじゃ……一度、外へ運び出して、それから……ダメか……」

山口が腕を組み考えていると、横から小尾が、

「自殺ってことに」とボソッと言った。

「自殺？」

「ええ」

「できるのか？」

「まあ」

小尾が山口の耳元で何事がつぶやくと、山口は目を見開き、驚いた表情になった。

「遺書でも置いておけば……」

「そうだな……それしかないか……」

山口がつぶやくように言うと、小尾が倒れていた彼女を担ぎ上げ、山口と一緒に部屋を出て行った。

しばらくして、「ドサッ」という音が聞こえ、川合と丸山が体を硬くした。

山口と小尾が戻ってきた。山口は血の気が引いていたが、小尾は平然としていた。

山口と小尾はすぐに部屋を出た。川合は遺書を書き、圭子の机の上に置いた。ほどなく、サイレンの音が聞こえてきた。川合はおびえた丸山をなだめすかして、研究データを全て取りださせ、部屋から出た。

三日後、川合は山口に金を渡した。計百万円。山口が適当に話をでっち上げ、三流週刊誌に掲載させた。

『悲劇。女性研究者が人生を悲観して、屋上から身を投げる』

警察は自殺と断定した。誰も麻生圭子の自殺を疑わなかった。

あの夜、取りだした麻生圭子のデータは全て小野に渡した。

これで、何もかも終わったはずだったのに、小野が研究データが足りないと言ってきた。遺伝子組換えに関する重要な部分が抜けていた。彼女が盗まれることを心配してデータを隠したようだった。

データを盗む前に、川合は麻生圭子に声をかけていた。研究室が閉鎖されれば、彼女も職を失う。一緒にタツミバイオに移ることを提案したのだが彼女はそれを拒否した。

「私の研究をお金儲けの道具にはしません」

研究成果を無償で一般に公開すると言う。

タダで？　なぜだ？　川合には理解できなかった。

あの留学生と一緒にアフリカに行って、砂漠を緑に変えるのだという。

川合には彼女は狂っているとしか思えなかった。夢と現実の区別がつかなくなっているのだ。自分は何度も説得しようとした。研究を完成させるためにも、会社の協力が必要だと繰り返し説明した。

しかし、全て拒否された。あれは仕方がなかった。ああするより——彼女の研究を盗むより他に方法は無かったんだ。川合は勝手な理屈を考えていた。

植物園が近づき、川合は歩みを遅くした。中で小野が待っているはずだった。

もしかしたら……。

川合の頭に小野の顔が浮かんだ。あの三人を殺したのはあいつかもしれない。タツミバイオの高橋を含めれば四人だ。小野が四人を殺し、今度はオレを待ち伏せて殺そうとしているんじゃないか。小野が研究を独り占めしようとして全員殺した。そう考えれば辻褄が合う。

まあ、やれるものならやってみろ。

川合は、華奢で青白い顔の小野を思い浮かべて思った。こう見えても中学では柔道部だった。あんな男に負けるわけがない。

雷の音が近づいてきた。川合は植物園の入り口のドアをゆっくり開け、周囲に目を配りながら入っていった。

川合が植物園に入っていくと、留学生のニール・ギタヒが建物の陰から現れ、川合の後に続いた。

川合を見張っていたわけではなかった。ギタヒはただ麻生圭子の「花」を探し続けていた。圭子のマンションに行ったが、入れなかった。ギタヒが研究所に来たのは、何か当てがあったからではなく、他にもう探す場所が無くなったからだった。

ギタヒが研究棟に入ろうとしたとき、川合が建物から出て来た。ただの偶然だった。

川合の雰囲気がおかしかった。何かある、とギタヒは感じ、川合の後からついていった。

もしかしたら、彼があの花を隠したのではないか。そう思った。

川合は考えに夢中で、ギタヒのことは全く気がついていなかった。

川合がコソコソと植物園に入っていった。

「やっぱり、あそこか」

ギタヒは確信した。「花」は植物園にある。

ギタヒは、川合に気づかれないように注意しながら、彼の後ろから静かについていった。

ギタヒの勘は間違っていなかった。麻生圭子の「花」は、確かに植物園にいた。

圭子は、遺伝子組換えによって品種改良した「花」を実験室で培養した後、植物園に移した。あの夜の三日前のことだった。

植物園は「花」にとって、最適の環境だった。「花」は乾燥に強かったが、乾燥が好きなわけではなかった。生長には水と養分が必要だ。

植物園には水と養分が豊富に用意されていた。水がまかれ、肥料が与えられる。「花」は静かに生長していった。

圭子が死んで二ヵ月後、「花」は充分に成長していた。

8

モディが研究所にいた。不審な人物は守衛が呼び止めるのだが、モディに声がかかることはなかった。

あまりに自然な雰囲気だったので、声をかけ損ねたか、インドの留学生と間違えたのか、競馬新聞を見ていたせいか分からないが、ともかく、呼び止められずに研究所に入ることができた。

東応大学に来てはみたものの、それ以上の当てはなかった。アフリカで遇った男の名前は、結局思い出せなかった。風貌はよく覚えていた。会えさえすれば、分かる自信はあった。

日本人にしては背が高く、髪の毛はボサボサで、人懐っこい笑顔をしていた。

構内をウロウロ歩き回っていれば会えるだろうか、誰かに聞いてみようか。アフリカで灌漑をしていて、背が高く、変わった髪型をしている、この程度の情報で分かるだろうか。名前を言ってもらえれば、思い出せるような気がするのだが……。

モディの目に、「植物園」という案内板が見えた。

植物園……。夢の島公園の熱帯植物園を思い出した。オアシスの植物に震えた記憶が蘇ってくる。

あれは、何だ……。

空がかすんで見えた。薄いピンク色。目のせいか、いや違う、確かに薄桃色にかすんでいた。

まさか……種……。

モディは、ピンク色の霞を見上げながら歩いて行った。霞の下にあるのは、研究所の植物園だった。

9

「遅い」

小野は腕時計を見て、つぶやいた。電話を切ってから二十分経っていた。川合の部屋から植物園まで、どんなにゆっくり歩いても十分もあれば十分なはずだ。

二十分、二十一分。時計の針が進んでいく。何をしているんだ。小野は親指の爪をかんだ。ストレスが溜まっているときの癖だった。

東応大学の植物園は、熱帯のジャングルをイメージして作られていた。落ち着いて周りを見れば、ヤシの木がドーム型の天井近くまで伸び、熱帯の色鮮やかな花々が咲いているのを観賞できた。

もちろん小野にそんな余裕はなかった。イライラしながら爪をかみ、まるで縦横二メートルの透明な檻の中に入れられたように、同じ場所をグルグルと歩き回っていた。

ドアが開く音がし、小野は入り口に目をやった。小太りの川合の姿が見えた。

川合は入り口から小野の姿を探して歩いて行った。植物園と言っても、夢の島にある植物園のように大きいわけではない。あくまで研究用に作られた植物園だった。迷子になる広さではない。ゆっくり見て回っても二十分もあれば一周してしまう。普通に歩くと十分ほどだ。

川合は歩きながら、

「小野」と名前を呼んだ。

「どこにいるんだ？」

「川合さん」

小野の声が聞こえた。

「どこだ？」

川合が周りを見回した。

少し間があって、

「ここですよ」と小野がヤシの木の陰から出て来た。

「そこか」

川合が小野に近づいて行った。

「何か分かりましたか？」

小野が川合に言った。

「分かったって、何がだ」

川合が言った。言葉に険があった。

「麻生圭子のデータですよ」

当たり前だろうという口調で、小野が言った。

「ないよ」

「よく探しましたか」

「何だよ、それは。まるでオレが探してないみたいな言い方じゃないか」

「よく探したかって聞いただけですよ。彼女が使っていた実験室のロッカーとか、パソコンの隠しファイルとか」

「そんな所は一番初めに探してるさ。そっちこそ、しっかり探したのか」

二人は、しゃべりながら、ジリジリと近づいて行った。

「探しましたよ。あなたが研究室でのんびり女子学生と話している間、こっちは泥棒のマネをして」

「女子学生？　ふざけるな。で、あったのか、データは」

「無い」

「無い？　よく探したのか？」

「探した」

「本当に、しっかり探したのか？」

「しつこいぞ。無いと言ったら無いんだよ」

小野が口調を変え、苛立った声で言った。

「見つけて、隠しているんじゃないのか」

「誰がだ。それは、そっちの話だろ。そっちこそ、データを隠して、独り占めしようとしてるんじゃないのか」

「それなら、こんな場所に呼び出すわけがない」

「それなら……」

二人は、互いに顔を見合わせた。どうやら、本当にデータは見つかってないらしい。

「もう一度だな」

川合が言った。

「あるとしたら、麻生の部屋か妹の部屋以外、考えられない。見落とした場所があるはずだ。今度はオレも一緒に行くから、二人で探せば……」

「いや、私はもう止める。たくさんだ。泥棒のまねごとは、もうお終いだ。元の平凡な会社員に戻って、研究所の隅でフラスコでも振っていればいい。それが一番、性にあっている」

小野の本音だった。できることなら始めからやり直したかった。

「そうはいくか。最後まで研究データを探すんだよ」

「あんたが一人でやったらいいだろ。私は、この件からはもう降りる。これ以上やると、警察に捕まってしまう。今ならまだ、正直に話せばなんとかなるかもしれない」

小野が言った。希望的観測だが、謝るより他に方法はなさそうだった。

「ふざけるな。もう後戻りはできないんだよ。オレ達は、人を殺しているんだぞ」

川合は大声を出した。

小野は「えっ」という顔をした。

「殺した？　誰をだ？　おい、誰を殺したんだ？」

小野が川合に質した。

「チッ」

川合は舌打ちをした。しまった、小野は知らなかった。

「心配するな。自殺で終わってる話だ」

川合は暗い声で言った。

「自殺？　麻生か、そうだな。あんたたちが彼女を殺したのか？」

「彼女は自殺だ」

「今、殺したと言ったろう。あんたたちは、一体、何をやったんだ」

「オレはやってない」

「殺したって、今、言っただろう」

「……」

川合は黙った。

「なんてことを」

小野は大きくため息をついた。

「お前も共犯だ」

川合が吐き捨てるように言った。

「私？　私は何も関係ない。あんたと丸山の二人でやったことだろ」

「始まりはお前だ。お前が研究が欲しいなんて言わなければ、こんなことにはならなかったんだ」

「おい、止めろ。それは言いがかりだろう」

小野と川合が話していた。ギタヒは音を立てないように近づき、木の後ろに隠れて二人の話を聞いていた。

「もう、逃げられないんだよ。四人死んでるからな、ダメでもやるしかないんだ。データを探して、どこかに売りつけて……」

「四人？　四人っていうのは、誰のことだ。高橋部長と彼女と、あとは……」

「いや、麻生は違う。丸山と部長、オレの知り合いの山口とあと一人、小尾という男だ」

「誰だそれは？」

「……」

「おい、川合さん」

川合は、しぶしぶあの夜の出来事を小野に話しだした。研究データを盗もうとして、見つかり、もつれて、事故、そして殺人。

「そうか」

話を聞き終わり、小野はため息をついた。

「正直に言ってくれ、お前が四人を殺したのか」

川合が小野に言った。

「バカを言うな、何で私が人を殺すんだ。そっちこそ」

「オレじゃない。オレがやったのなら、こんな話をするわけがないだろ」

「それなら、誰だ、誰が殺したんだ？」

小野に心あたりはなかった。

「妹は……」

「いや、それはない」

よく知っているわけではないが、圭子の妹、亮子が人を殺せるとはとても思えなかった。

「もしかしたら……」

川合がつぶやいた。

「あいつかもしれないな」

「あいつって、誰だ？」

「アフリカから来ている留学生だ」

「留学生？」

「親しそうに彼女と話していたのを何度か見た。それにこの前、丸山と喧嘩をしていたと学生が話していたし、警察もアイツのことを聞いていた」

「おい、待てよ……そうだ、うまくすれば」

川合の表情が変わった。不安と絶望の地の底に、悪意の希望が射した。

「全部あいつのセイにできるかもしれないぞ。そうだ、あいつが彼女の研究を盗もうとして、見つかって、それを注意した丸山を、いいぞ、上手くいくかもしれないな」

それはいいアイデアかもしれない。

小野も川合の汚い思いつきに光を見ようとしていた。うまくいけば、栄誉も亮子も手にはいるかもしれない。

「データだな」

二人は同じ考えに至った。データを見つけて、後は、留学生に罪を全てかぶせてしまおう。二人で警察に証言してもいい。

二人の話を聞きながら、ギタヒは怒りで体が震えてくるのを抑えられなかった。麻生圭子は殺されていた。あの「花」を奪うために殺した。あいつら、許さない。

怒りで理性が消えた。考えるより先に体が動いていた。

ギタヒは木の陰から飛び出し、「ウワー」と大声を出して、川合に殴りかかった。

右の拳が川合の顔に当たり、川合はシダの茂みに倒れ込んだ。

ギタヒは叫びながら、倒れた川合に殴りかかっていった。

「止めろ」

小野がギタヒを後ろから止めようとしたが、肘が顔に当たり、小野は顔を抱えてしゃがみ込んだ。

川合は立ち上がり、「てめえ」と叫んで、ギタヒに体当たりをした。二人はもつれながら、茂みの中に倒れ、意味のない叫び声を上げながら殴り合っていた。

小野は鼻を押さえてうずくまっていた。指の間から血が流れてくる。鼻血が止まらなかった。

シダの間から植物がツルを伸ばし、小野の足に絡みついた。ツルは小野の足から太腿に向かって這い上がっていった。

10

和泉たち四人が植物園の前に着いた。

和泉は危険を感じたらすぐに逃げるようにと、亮子に何度も繰り返し言っていた。

御巫は、二人の様子を少しうらやましそうな顔で見ていた。

四人は植物園の入口で立ち止まった。

麻生圭子の「花」がミイラの犯人だと決まっているわけではない。この中に「花」がいるとも限らない。だが、ドアの前に来ると、まがまがしい空気が流れ出してくるように感じてしまう。

「止めておけ」と囁く声が聞こえてくる。

和泉が一つ大きく深呼吸をし、ドアを開けた。四人が植物園に入っていった。

「ほお」

佐竹は思わず声が出た。想像していたよりも広く、立派だった。

「わあ、すごいですね」

御巫がヤシの木を見上げながら言った。

佐竹も周りを見回した。急に熱帯に移動したような気になる。入る前に感じていた恐怖が少しずつ薄れていくようだ。

「佐竹さん、ほらバナナですよ」

御巫が指さした。高いバナナの木にたわわにバナナがなっているのが見えた。

甘い香りが漂っていた。色とりどりの花が咲いていた。

「あれは何ですか」

御巫が珍しい花を見ようと歩き出したとき、ギタヒの叫び声がドームにこだました。

「佐竹さん」

「向こうか」

佐竹が恐る恐る、声の方角に歩き出した。和泉は「ここにいて」と亮子に言って、走り出した。亮子は「はい」と和泉の背中に向かってうなずいた。

ギタヒと川合が争っていた。二人は喚きながら殴りあっていた。小野は鼻を押さえてうずくまっていた。

ツルが茂みから伸びてきた。小野の腕に巻きつく。小野は右腕に針で刺したような痛みを感じ、腕を見た。ツルが巻きついていた。小野は腕からツルを剝がそうとしたが、根が皮膚に刺さり、剝がせなかった。

奇妙な植物が小野に向かって次々と伸びてくる。

「アア、アア」

小野は立ち上がり、逃げようとしたが、ツルに足をとられ、また茂みに倒れた。ツルが体に巻き付き、締め付けてきた、細かな根が皮膚にささり、体の水分を吸い取っていく。

体重五十五キロ。痩身、中背。体水分率六十パーセント。人は体から十パーセントの水を失うと失神する。

小野の体が麻痺していった。力が入らなくなる。

「た、助けて」

小野は弱々しい声を出した。体中の水分が吸われ、顔が見る見る痩せ細っていった。

「アアッ」

小野の喉から、声にならない最後の音が出た。

和泉と佐竹がやってきた。佐竹は息が荒く、足がもつれていた。御巫は佐竹の後ろから小走りでついてきていた。

ギタヒと河合が争っていた。小野が植物に襲われている。小野の顔が茶褐色のミイラに変わっていった。

「佐竹さん、ミイラですよ」

御巫が小野を指さした。

「ミイラ……」

佐竹は収まらない息でつぶやいた。

確かにミイラだ。佐竹の目の前で小野がミイラになっていく。

植物が小野の体に絡みついていた。これか、と佐竹は思った。こいつが人間をミイラにしていたのか。

どうする。助けないと。しかし、足がすくみ、体が動かなかった。

川合とギタヒは、まだ争っていた。

「ニール！」

和泉が大声をあげた。

ギタヒが動きを止めた。川合が顔を上げた。何だ？　人がいる。和泉か、それと……警察？

小野は？　川合が横を見た。

何だ、これは？　想像もしない物が、地面に横たわっていた。ミイラだった。

小野なのか？　背広に眼鏡。さっきまで話していた小野に違いない。

気味の悪い植物が、ザワザワと音をさせながら、川合に向かって伸びてきた。

ツルが足を捕まえ、川合が尻餅をついた。ツルが体に巻きついていく。

「ギャー」と川合が叫んだ。細い根がいっせいに河合を刺した。

「川合さん」

和泉が駆け寄り、川合を引き離そうとした。しかし、ツルの力が強く、全く動かなかった。

「早く！」

和泉が呆然と立っている佐竹と御巫に向かって叫んだ。

「あっ」

呪いが解けたように、二人が動いた。

和泉と佐竹、御巫、三人で川合を引っ張ったが、ツルは外れなかった。河合はすでに気を失っている。

植物が三人の足元にも迫ってきた。佐竹は必死でツルを踏みつけた。このままでは、全員、ミイラになってしまう。

「ウワー」と大声が聞こえた。

佐竹の目の前に太い腕が伸びてきた。褐色の腕。モディだった。

誰だ……。外国の留学生か？　佐竹はモディを知らない。誰かは分からないが、そんなことは今、問題ではなかった。

太い腕が河合の体を引っ張った。四人は精一杯引いたが、川合の体は離れなかった。皮膚が水分を失くしていく。もう時間はない。ツルが四人の体にも這い上がってきた。

ダメだ。逃げた方がいい。佐竹は、手を離して逃げ出しそうになっていた。

「引っ張れ！」

和泉が叫んでいた。

激しい稲光がした。雷鳴が轟いた。植物園が揺れるほどの轟音だった。

一瞬、植物が動きを止めた。力が弱くなる。

「引っ張れ！」

和泉が大声で叫んだ。四人は一斉に川合を引いた。ツルが外れた。佐竹と御巫は、大きく尻もちをついた。

「川合さん」

和泉が川合の体を抱えて立たせようとしたが、川合は気を失っていた。

モディと和泉は二人で川合を抱えた。

「逃げるぞ」

和泉が言った。植物が狙ってくる。

「ミコ！」

佐竹が言った。

「行くぞ」

御巫が動かない。

「あの人……」

御巫がギタヒを見ていた。

ギタヒが植物に向かって、フラフラと歩いていた。

「ニール！」

和泉が叫んだ。ギタヒが振り返った。

「戻れ！」

「和泉さん。あれが麻生さんの花です」

ギタヒが指をさした。指の先に、薄桃色の花が見えていた。

巨大な緑色の植物の真ん中で、静かに花が咲いていた。

「止めろ、ニール。こっちへ来い」

「みんな金のことしか考えてない。アフリカのことなんかどうでもいいんだ」

ギタヒは、ブツブツとつぶやきながら、植物の中心に向かって進んで行った。

「僕が花を持っていく。この花で荒れ地を緑に変えるんだ」

植物がニールを誘うようにゆらゆらと動いていた。

「ニール！」

ギタヒに和泉の声は聞こえていなかった。

「あいつだ……」

モディは、呆然と植物を見ていた。あいつだ。目の前にいるのは、オアシスで見た植物に違いなかった。ジョーをミイラにした植物。長老がムンダと言った、オアシスの守り神だ。

ギタヒが花の前にひざまずき、花を両手で愛おしそうに抱えた。

また稲光がした。建物が震えるほどの雷鳴が轟いた。次の瞬間、植物は一斉にツルを伸ばし、何百という腕となって、和泉や佐竹、御巫、ギタヒに向かって伸びて来た。

「ウワー」

佐竹が叫んだ。ツルが頭の上から覆いかぶさってくる。

「逃げろ」

和泉が逃げだそうとしたが、ツルが足に絡み、動けなかった。

もうダメか。佐竹は植物を見上げながら、思った。死ぬ前には過去の出来事が頭の中で駆け巡るというが、佐竹の頭に浮かんだのは、落ちていた百円玉でパンを買い、母親にひどく怒られた記憶だった。オレの人生はそんなものか。佐竹は笑いたくなった。

ツルが檻のように和泉たちを囲っていく。

亮子が近づいてきた。和泉に待っているように言われたが、叫び声が聞こえ、来ずにはいられなかった。

「えっ……」

あれはなんだろう。巨大な緑の塊だった。

無数のツルと葉が和泉たちを取り囲んでいた。

そんな……そんなことって。

姉の顔が見えた気がした。目の前の緑の塊の中に、恐ろしい形相をした姉がいた。

ウソ……そんな……。

亮子は植物に近づいていった。

「あぶない。麻生さん、逃げて」

和泉が叫んでいた。

「お姉ちゃん……」

亮子がつぶやいた。

「お姉ちゃん、もう、止めて」

ツルが和泉の体に絡みついた。和泉が苦しそうにうめいた。

「お姉ちゃん、止めて！」

亮子が叫んだ。

「止めて！」

亮子の叫び声が植物園の中に響いた。

植物が動きを止めた。

「お姉ちゃん。もう終わりにして」

亮子が植物に向かって話しかけた。

和泉の体からツルが外れた。佐竹や御巫、モディに絡みついていたツルもとれ、植物は茂みの中に消えていった。

川合が倒れていた。

「救急車！」

佐竹が大声で言った。御巫が携帯で一一九番に電話をした。

川合はまだ息はあったが、右手は茶褐色に変色し、ミイラ化していた。

「和泉さん、姉が……」

亮子が、和泉に近づいて行った。

「麻生さん」

「姉が、あの花に……」

ここまで言うと、亮子は膝から崩れ落ちていった。

「麻生さん」

和泉が亮子を抱き留めた。

亮子は和泉の腕の中で気を失っていた。

第八章　花

1

小野はミイラ化して死んでいた。

川合は命だけは助かったが、右手は肩から先が完全に干からび切除する以外方法はなかった。

川合は気力をなくしたのか、病院のベッドの上で、麻生圭子を殺害した状況を全て明らかにした。

「どうするかな」

佐竹は上にどう伝えたらいいか考えた。

麻生圭子の自殺が川合ら四人による殺人だったことは、本人の自供などからすっきり解決した。管轄は違うが、これほど自供がはっきりしていれば、問題にはならないだろう。

問題はミイラだった。高橋、小尾、山口、丸山、そして小野。さらには小尾の遊び仲間だったという二人を含めると、計七人がミイラになった理由を上にどう説明すれば良い。

麻生圭子が遺伝子組換えで作り出した新種の植物が、彼女の恨みをはらすために、殺害に関与した人間を襲った。こんなことを書いても誰も信じないだろう。

刑事課長の杉本も、署長の長谷川も冗談が通じない堅物だ。

「おい、だいじょうぶか、病院に行って調べてもらってこい」と言われそうだ。

「おい」

佐竹は御巫を呼んだ。

「報告書はお前が書け」

「ええ？　何でですか、佐竹さんが書いて下さいよ」

「練習だよ、練習。ブツブツ言ってないで、さっさと書いて、課長に提出してこいよ」

「嫌ですよ」

「書けよ」

「嫌です。じゃんけんで決めましょう。三回勝負で」

結局、佐竹は御巫と二人で課長の席に行き、口頭でミイラ事件の顛末を報告した。

遺体が短時間でミイラ化した理由について、佐竹は「よく分かりません」と言うつもりだったのが、御巫が植物が人を襲ったとか、和泉という研究者が言うには、何か特別なフェロモンが関係していて、襲う相手を決めているとか、話しだした。

課長は、「分かった、分かった」と話を途中で遮り、佐竹の顔を見て、「まあ、病死だな」と言った。

川合は全てを自供した後、深夜、誰にも看取られずに死んだ。ミイラではなかった。正真正銘、心臓マヒだった。水分を吸い取られ、心臓が弱ったせいだった。

これで、麻生圭子の研究データを盗もうとした人間は全て死んでしまった。警察の仕事はとりあえず終わりだった。

佐竹が圭子の死の真相を亮子に説明した。亮子は、

「分かりました。ありがとうございました」と目に涙を溜めながら、頭を下げた。

3

数日後、和泉は亮子と麻生圭子のマンションにいた。彼女の研究データを探すのが目的だった。

和泉はあの後、モディと話した。

「また日本の大学に？」と和泉が聞くと、モディは、「実は……」とアフリカのオアシスでの出来事を和泉に話した。ジョーをミイラにした植物の話だった。

「日本でミイラが出たとネットで見て。もしかしたら、と心配になって」

「それが、あの植物園の」

「多分……」

同じだろうとモディは言ったが、確信があるわけではなかった。

「オアシスで見たのは一瞬だったので……」

モディの言葉に和泉はうなずいた。状況が状況だ。人が目の前でミイラになった。はっきり思

い出せと言っても無理な話だった。同じかもしれないし、違う植物だったのかもしれない。植物園で襲って来た植物は、どこかへ消えてしまった。正確に言うと、消えてしまった「ようだ」。一応、警察の鑑識が入り、調べはしたのだが、あまりに気味が悪く、鑑識も早々に退散してしまった。

和泉はあの後、何度か植物園の前まで行ってみたのだが、入る勇気はなかった。それでも、あの植物はここにはもういないだろう、と感じていた。

植物と一緒にギタヒもどこかへ行ってしまった。そして、ギタヒが抱えていたあの「花」も行方知れずになっていた。

あれは、麻生圭子が作ったという「花」なのだろうか。ギタヒが言ったように、砂漠化を防ぎ、大地を緑に変える奇跡の植物だったのだろうか。

思い出すと、巨大な植物は、あの「花」を守っていたように思えた。「花」は襲ってきた植物の花ではなく、似ているが違う二つの種類のように思えた。

ともかく、彼女は一体何を作ったのか。和泉は純粋に研究者として、彼女の研究データを読んでみたかった。

「研究室にも聞いてみたんですが。パソコンに入っていた麻生さんのデータは全て消してしまったらしくて、残ってないんです」

「そうなんですか」

「ひどい話ですよ」

データの消去は、教授の片山の指示だった。表向きは、パソコンは大学の所有物なので、他の人が使うためにデータを消去するということだったのだが、本音は、自分の研究室で起こった不祥事の証拠は、全て消してしまえという事だったようだ。

「お姉さんから、何か渡された物はないですか。預かっている物とか」

和泉が圭子のマンションで残っていたファイルを調べながら、亮子に尋ねた。

「本当に隠したのなら、誰かに預けているんじゃないかと。誰にも言わずに変な所に隠して、もし自分がいなくなったら、永久に発見されないかもしれませんからね」

「考えてみましたけど、特に何も……」

「そうですか……」

和泉は机の上のファイルや、机の引き出し、本棚などを調べたが、圭子の研究資料は見つからなかった。パソコンに保存されたファイルも調べてみたが、やはり何も手がかりはなかった。

「私の部屋にも、少しは」と亮子が言った。段ボール箱に詰めて送られてきた圭子の私物のことだった。小野が忍び込んで調べようとした物だ。

「ええ、それじゃ、見せてもらいます」

ダメだろう、と和泉は思った。小野が必死で調べても何も出て来なかったのだ。

だいたい、大切な物なら研究室に残しておくとは考えられなかった。

翌日、和泉は亮子のアパートを訪れ、段ボール箱の中身を調べた。一つ一つ、取りだしてみたが、やはり研究データは見つからなかった。

「フー」

和泉は珍しく、大きなため息をついた。データがどこにあるのか、見当もつかなかった。

「どうぞ」

亮子がコーヒーを入れた。

「すいません」

「お砂糖は？」

「えーと、二つ」

「二つ？」

「あの、三つで」

亮子は微笑みながら、和泉のカップに角砂糖を三つ入れた。和泉は風貌に似ず、大の甘党だった。

「ありがとうございます」

和泉は砂糖をスプーンでかき混ぜて、甘くなったコーヒーをうまそうに飲んだ。

「あの……」

亮子は自分のコーヒーにミルクを注ぎながら言った。

「何ですか？」

「もう、見つからなくても……」

「えっ？」

「姉の研究ですけど、もう、いいんじゃないかなって」

「どうしてですか？」

和泉が尋ねた。

亮子はコーヒーを見つめ、

「小野さんをミイラにしたのは、姉の花なんですよね」と言った。

「まだ、はっきりとは」

「いいんです。分かってますから。はっきりおっしゃってもらって」

「ええ、まあ、多分」

「だとしたら、データが見つかっても、また恐ろしいことが起こるかもしれませんから」

和泉には答える言葉がなかった。

悲劇への道は善意のレンガで敷き詰められている。原爆を開発した科学者は、まさか大量虐殺をしたかったわけではないだろう。

確かに麻生圭子の研究は、希望にも悲劇にも可能性があった。農地の砂漠化を食い止める奇跡の花かもしれないし、全てを吸い尽くす悪魔の花になってしまうかもしれない。

亮子が言うように表に出さずに、このまま静かに眠らせておく方がいいのかもしれなかった。

しかし、と和泉は思った。ニール・ギタヒの真剣な目が和泉を見つめているような気がした。

彼は、あれが、麻生圭子の「花」が、最後の希望だと思っている。故郷に広がる、赤茶けた荒れ地を緑に変えてくれる唯一の方法だと信じていた。

彼女にしても、自分の研究が永遠の眠りにつくことを望んではいないだろう。

「駿君が亡くなってから、姉は少しおかしくて、何だか死に急いでいるような感じで」

亮子が言った。

「死に急いで？」

「ええ、貯金通帳が引き出しに入っているとか、銀行のパスワードが日記に書いてあるとか、おかしなことばかり、一生懸命、私に説明して」

「日記？　日記があるんですか？」

日記という言葉が引っ掛かった。

「えっ、ええ」

姉の日記……。

職場復帰に空き巣騒動、他にもいろいろな事があって、亮子は姉の日記の事をすっかり忘れていた。

「どこにあるんですか？　ちょっと、見せていただいていいですか」

「え、ええ」

どこに置いただろう。亮子は、思い出してみた。

姉のマンションを片付けに行き、机の引き出しで日記を見つけた。後で読もうと思い、バッグに入れて、部屋に帰った。

そして……バッグから……自分の机に。

亮子は机に行き、一番下の引き出しを開けた。

「ありました」

亮子は、姉の日記を取りだし、和泉に見せた。

3

亮子が姉の日記を開いた。一日一日が区切られた、いわゆる日記帳ではなく厚手のノートだった。そこに日付と天気。そして、一日の出来事が書かれていた。

長い日もあれば、「駿とカレーライスを食べた」と一行だけ書かれた日もあった。毎日書かれていたわけではなく、ところどころ、日付も飛んでいた。

亮子の誕生日。十月二十日の日付を探した。

去年の十月二十日。天気は晴れ。もう、すでに子どもは亡くなっていた。

『今日は、亮子の誕生日。亮子、ごめんね、電話もしないで。おめでとうって言えそうもないの。本当にごめん。来年は、誕生日、おめでとうって言えるようになっているからね』

書かれていたのは、一言だけだった。

その言葉に重なるように、メールアドレスとパスワードが書かれていた。後から付け加えられたように見えた。

「多分、これが、姉の言っていたインターネット銀行の……」

亮子が自信なさそうに言った。

さらにその下に、ホームページのアドレスが記されていた。

「これは……」

銀行のサイトではなさそうだった。

和泉が調べてみると、そこはファイル保存サービスのサイトだった。

亮子がメールアドレスとパスワードを入力すると、姉が保存したファイルが見つかった。

ビデオだった。ビデオを再生すると、画面に姉の顔が現れた。

「あっ」

亮子は息をのみ、画面を見つめた。

『亮子、あなたがこのビデオを見ている時には、私は、もう生きていないかもしれません。あなたには言えなかったけど、乳がんが見つかって、お医者さんからは手術を勧められました。骨に転移しているらしいので、手術をしても長く生きられないかもしれないそうです』

亮子が「ええっ」とつぶやいた。

『でも、悲しまないで。もういいの。これはきっと、幸雄さんや駿が、こっちへ来たらって言ってくれてるんじゃないかと思います。だから、手術はしません。手術をしても、あとどのくらい生きられるか分からないし、入院してしまったら、今やっている研究を中断しなくてはならないので、手術をしないで研究を続けます』

亮子は目に涙を溜めてビデオを見ていた。

『幸雄さんから贈り物がありました。アフリカから幸雄さんが帰ってきたとき、遺品の中に植物の種が入っていました。見たことのない不思議な種でした。幸雄さんは、私が乾燥に強い植物の研究をしているのを知っていたので、アフリカから持ってきてくれたのだと思いました。植木鉢で育てると、淡いピンク色の花が咲きました。その植物を使って研究を続けました。それまでいろいろ試してダメだったのに、幸雄さんの種を使ってみたら、初めて成長して、とうとう新しい花が咲きました。元々の種から咲いた花と研究で咲いた花、二つの花を植物園に移して育てています。順調に育ってくれれば、私が夢見た乾燥に強い作物が出来上がるかもしれません』

モディも和泉も知らなかったが、オアシスから戻ってきた、と長老が話していたのは彼女の夫、麻生幸雄のことだった。

『亮子に、お願いが一つあります。生きている間に研究が成功するかどうか分からないけど、研究データを全て記録しておくので、それを研究所の和泉さんという人に渡して下さい。研究所で信頼できるのは、和泉さんだけなんです』

亮子が和泉を見た。

『私が直接渡せればいいけど、あの人はアフリカに行っているらしいので、もし、私に何かあったらお願いします。データは、このビデオと同じ場所に保存してあります。それから、今、私が研究している『花』に、私と駿の遺伝子を入れました。もし亮子がその『花』を見る機会があったら、私と駿を思い出して下さい。亮子、私が死んでも悲しまないで。私は彼と駿と一緒にいますから。あなたは私たちの分も長生きして、幸せになって下さい。さようなら。元気で』
和泉が、亮子の肩をそっと抱いた。亮子は和泉の肩に頭を乗せ、体を預けた。

エピローグ

1

しばらくして、佐竹と御巫は事件現場にいた。今度はミイラではなく押し込み強盗だった。四人組の強盗が高齢夫婦の家に押し入り、金を奪って逃げていた。夫婦のうち、夫は妻を守ろうとして犯人に殴られ、顔の骨を折る重症を負っていた。

「ミイラにされたらいいのに」

御巫がつぶやいた。

「おいやめとけ」

佐竹が止めた。

「だって、こんなことするのは人間じゃないですよ」

「まあな」

ミイラ騒ぎは終わったが、あの植物の行方は分からなかった。今も東京のどこかで生きていて、誰かをミイラにしようと狙っているのかもしれない。探さなければいけないのだろうが、もうあの「花」が人を襲うことはないだろう、と佐竹は考えていた。あの後、ミイラは見つかっていなかった。研究所でもタツミバイオでも、おかしな事件があったという話は聞いていなかった。

麻生圭子は、自分の遺伝子を「花」に入れたらしい。どこかのオカルト映画のように、彼女の意志が植物に乗り移り、恨みを晴らしたのだとしても、関係者は全て死んでしまった。目的は成したはずだった。

佐竹は植物園で襲われた。ツルが佐竹の体に絡みつき、体を締めつけてきたが、水分は吸われなかった。恐ろしくはあったが、敵意は感じられなかった。植物の気持ちが分かるなんていうとおかしくなったと思われるだろうが、あの植物は自分をミイラにする気はなかったと、佐竹は感じていた。

あの植物は、どこかで静かに花を咲かせているのだろう。

「何か考えているのかな」

現場からの帰り道、御巫が街路樹を手で触れながら、独り言のようにつぶやいた。植物学者の中には、植物にも知性があって、お互いに話し合っていると考えている者もいるらしい。

「かもな」

佐竹もイチョウの緑の葉を見上げながらつぶやいた。

2

モディは、狭いシートに体を押し込んでいた。飛行機の座席はモディには狭すぎた。広い席は値段が高すぎる。

ロンドンへ。いや、行先はインド、オールドデリー。母のいる混沌の大都市が目的地だった。

日本であの植物と再会した。襲われてもミイラにはならなかった。植物が頭の上に覆いかぶさって来たとき、一瞬、人生が見えた――見えた気がした。過去ではない、未来だった。

小さな子どもと遊んでいた。小さな家。妻がいて、犬がいた。場所は……どこだろう？　見たことのない風景だった。少なくともロンドンではなかった。

自分には未来が残っているらしい。もう呪いは解けたのだろうか。

一昨日、久しぶりに母の顔を見た。オールドデリーの貧民街も、太陽光発電と格安スマホでネットにつながるようになった、と言った。

「見えてる？」

「はっきり見えてるよ」

「よかった」

ネットを利用して商売ができるように考えていると言っていた。お金を稼いで、住みやすい街に変えていくのだという。若い女性が特に積極的に参加している、と嬉しそうに話した。

母がネット商売とは驚きだった。ロンドンにいた時よりも、生き生きとした表情をしていた。

モディはイギリスに戻るつもりだったのだが、母の顔を見て、インド行きのチケットに変えた。

今度はカレーに慣れるだろうか、牛はどうだろう、逃げ出したくならないだろうか。分からない。分からないが、とにかく行こう。自分のルーツ、インドへ。

デリーに着いて母に会ったら、少し気恥ずかしい思いをするかもしれないが、思い切りハグしようと、モディは考えていた。

3

和泉は中庭のベンチに座り、圭子の研究資料を調べていた。机の前にいるより、外にいたほうが気分が良かった。

研究所の雰囲気は最悪だった。事件の余波はしばらく収まりそうになかった。

そもそもの動機は研究所の縮小だった。しかし皮肉なことに、若者の就職難の影響からか、理系の志望者が増加した。東応大学もバイオ関連の学部の志願者が増え、バイオ研究所の縮小計画は再検討されることになった。もう少し待っていれば、事件は起こらなかったかもしれなかった。

麻生圭子が残した資料には、あの「花」に関する研究の詳細が全て書かれていた。

ベースは彼女の夫が持ち帰った植物の種だった。それに水を蓄えるサボテンの遺伝子を加え、ツタや食虫植物の遺伝子も組み込んでいた。

そしてビデオで言っていたように、麻生圭子自身の遺伝子と彼女の息子、駿一の遺伝子も組み込んだようだ。

これだけＤＮＡに手を加えながら、成長したこと自体が驚きだった。普通なら根も出さずに枯れてしまう。

遺伝子操作をすれば、それこそどんな生物でも作り出すことができると思っている人がいるようだが、自然は人間が考えるより遥かに精妙だ。DNA配列が少し狂っただけで、生物は生長できないのだ。

麻生圭子の「花」は、ギタヒと一緒に消えてしまった。襲ってきた植物も同じだった。ただ、「葉」が、まだ警察に残っているはずだった。御巫君に連絡して、あの「葉」をもらい、DNAを取りだし、遺伝子操作をして、危険な能力を抑えれば、安全で乾燥に強く、アフリカの大地に適した植物ができるかもしれない。できることなら、さらにタロイモのような食料になる作物の遺伝子も組み込んでみよう、と和泉は資料を見ながら考えていた。

遺伝子を組換え、培養し、芽が出れば植物園に移して育てる。どうだろう。

急に風が吹き、手にしていた資料が飛ばされそうになった。ザワザワと中庭の木々が音を立てた。

和泉は頭の上を見た。葉が揺れている。音が聞こえる。まるで声のようだった。和泉は、木が自分に話しかけてきているような気がした。

風のせいだろうな……。

和泉は遠くに目をやった。穏やかな日だった。若葉の間から柔らかい光が漏れてきていた。

急ぐことはないか……。

自然に手を加えていいのかどうか、もう少し考えてからにしよう。この自然は人間だけのものではないのだ。傲慢な態度でいると、偉そうにするなと自然からしっぺ返しを受けるかもしれない。

和泉は両手を上げ、大きく伸びをした。

4

亮子は職場に復帰し、忙しい毎日を送っていた。

思っていた通り、学校へ行きだすと、目が回るような忙しさだった。しかし、うるさくても面倒でも、楽しくて仕方がなかった。

休んだのは、二ヵ月と少しなのだが、その間に生徒たちは驚くほど成長していた。

小学生の二ヵ月は、大人の何年にも相当する。体も大きくなり心も変化する。

三年生から四年生になり、クラブ活動や、学校の委員会に参加するようになったのもあるのかもしれない。

三年生までは何をしていても面倒を見てもらう立場だったのが、四年生になって、面倒を見る立場に変わっていた。

「廊下は走っちゃだめだよ」

数ヵ月前まで言われていた言葉を、今は下級生に言っていた。

美緒が、ビーズで作った腕輪を持ってきた。

「わあ、綺麗」

「これね、大きいビーズと小さいビーズを使って工夫してみたの。本だと小さいビーズだけなんだけど」

美緒が説明していた。自分でアレンジして新しいビーズの腕輪を作ったようだった。

「それ、いいね」

女の子が二人、美緒の腕輪を見て言った。

「私にも作り方、教えて」

「えっ、うん、いいよ」

美緒は答え、亮子に微笑んだ。

「じゃ、これは先生にあげる」

美緒は腕輪を亮子の手の平に置いた。

「先生、先生」

男の子が話しかけてきた。

「なに？」

「先生って、恋人いるの」

「どうして？」

「だって、先生って、もてそうもないから。いなければ、僕が恋人になってもいいよ」

「そうね、考えておくわ。でも、宿題を忘れなくなったらね」

恋人……。

何度かプロポーズを受けたことがある。でも、いつもあいまいにして、自然に消えていった。両親が早くに亡くなり、自分は人の縁が薄いのではないかという思いがあって、恋愛に積極的になれなかった。

姉の夫、息子、そして姉自身、自分の周りで大切な人が次々に亡くなっていく。人との関わりに臆病になるのも仕方がないことだった。

和泉の笑顔が浮かんできた。不思議なことに、和泉と一緒にいると、先のことを心配するのはよそうと思えてくる。ともかく今を生きよう、という思いにさせてくれた。

あの人なら、と亮子は思った。しかし、ピンクの象のじょうろと花柄のエプロン姿を思い出し、「だめかな」と微笑んだ。

5

英子はいつものように、カフェ・ローズで朝のひと時を楽しんでいた。

椅子に座ると、自然にあの日のことが思い出された。同じテーブルに五人、集まっていた。みんなこの世の終わりのような暗い顔をしていた。

和泉が店を出ていくとき、英子は和泉の背中に向かって、「気を付けて」声をかけた。

英子にとって、和泉は甥だった。妹の子どもだ。二人姉妹の妹。和泉は、ただ一人の甥だった。妹は体が弱く、和泉が中学生の時に、亡くなっていた。

「お姉ちゃん、子どもをお願い」

妹が英子の手を握りながら言った言葉が耳に残っていた。英子に子どもはいない、和泉を実の子どものように思っていた。

ともかく、無事に終わったようだ。何があったのか分からないが、根掘り葉掘り聞き出すつもりもなかった。

和泉から連絡があった。また、アルバイトに来るという。

もしかしたら、と英子は思った。彼は亮子さんに会いたいのかも。

どうせなら、亮子さんと結婚すればいいのに。結婚して家庭を持ち、子どもができる。二人とも仕事を続けるだろうから、手伝いに行ってあげようか。そこまで考えて、英子はプッと吹き出した。和泉がプロポーズして、デートに行き、結婚して、子どもができて、おむつを取り替えて、ベビーカーを押して公園で遊ぶ。想像するとコーヒーを吹き出しそうになった。

やっぱり無理よね。英子は一人でうなずき、ゆっくりコーヒーを口に運んだ。

エピローグ

6

一年後。アフリカでおかしな噂が広がっていた。荒れ地に花が咲いているというのだ。

東洋の果てにある島国から帰ってきた男が、荒れ地に花を植えた。雨が降らない土地に、花は根を張った。緑の葉が広がり、ところどころ淡いピンク色の花が顔を出し、アフリカの風に揺れている。

花の周りでは、子どもたちが集まり歓声をあげている。

そして、花畑の近くには不思議なオアシスがあり、花畑を守っているという。花畑から花を取ろうとする者は、翌朝ミイラになってしまうのだという。


（了）

〈著者紹介〉
門倉　暁（かどくら　さとる）
1955（昭和30）年、神奈川県生まれ。京都大学卒。工学博士。
受賞歴：
新美南吉童話賞佳作（平成8年）。仏教童話銀賞（平成9年）。キリスト教童話賞佳作（平成10年）。浦安文学賞佳作（平成12年）。恐竜児童文学入選（平成17年）。はやしたかし童話大賞優秀作（平成21年）。北区内田康夫ミステリー文学賞特別賞（平成23年）。千葉児童文学賞（平成23年）。北区内田康夫ミステリー文学賞特別賞（平成26年）。千葉文学賞（平成26年）他
著書：
『さくらとじんべえ―スペース・パワーの陰謀』（本の森、2005年）
『さくらとじんべえ〈2〉じんべえのダイエット大作戦』（本の森、2005年）
『さくらとじんべえ〈3〉怪盗ブルーアイズの秘密』（本の森、2006年）
『フトンの国―ねむいねむい病とつまんなーい病』（本の森、2006年）
『不思議クラブ』（本の森、2008年）
『真夏に降る雪』（鳥影社、2017年）

荒れ地に花を

本書のコピー、スキャニング、デジタル化等の無断複製は著作権法上での例外を除き禁じられています。本書を代行業者等の第三者に依頼してスキャニングやデジタル化することはたとえ個人や家庭内の利用でも著作権法上認められていません。

乱丁・落丁はお取り替えします。

2023年9月13日初版第1刷発行
著　者　門倉暁
発行者　百瀬精一
発行所　鳥影社 (choeisha.com)
〒160-0023 東京都新宿区西新宿3-5-12トーカン新宿7F
電話 03-5948-6470, FAX 0120-586-771
〒392-0012 長野県諏訪市四賀229-1（本社・編集室）
電話 0266-53-2903, FAX 0266-58-6771
印刷・製本　モリモト印刷
©SATORU Kadokura 2023 printed in Japan
ISBN978-4-86782-033-9　C0093

門倉　暁著　好評発売中

【目次】

プロローグ
第一章　奇 跡
第二章　悪 夢
第三章　騒 乱
エピローグ

定価 1500 円＋税　四六版　上製　274 頁

鳥影社